圖書在版編目（CIP）數據

澉誌補録 / 程熙元纂. —杭州：西泠印社出版社，2012.8
（澉水誌四種）
ISBN 978-7-5508-0526-2

Ⅰ. ①澉…　Ⅱ. ①程…　Ⅲ. ①鄉鎮—地方誌—海鹽縣　Ⅳ. ①K295.55

中國版本圖書館CIP數據核字（2012）第179308號

海鹽縣史志辦公室
海鹽縣檔案局
影印

澉水志四種

澉志補録

程熙元 纂

西泠印社出版社

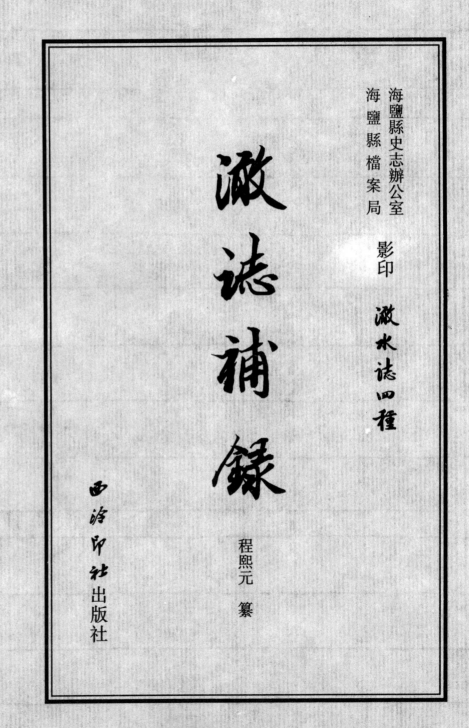

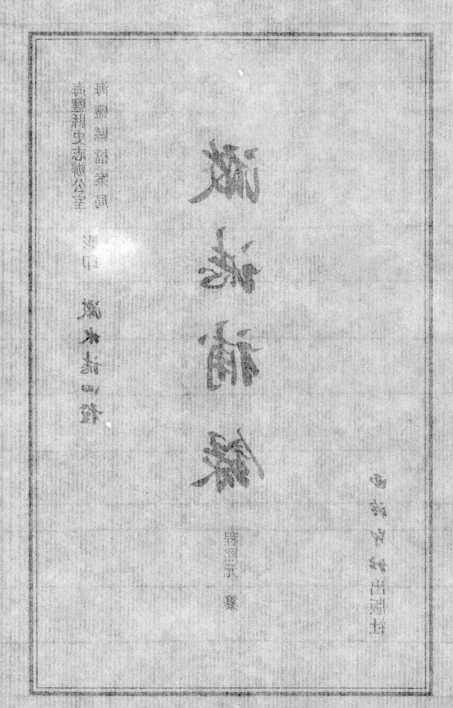

溆誌補錄序一

溆浦特蠻邑南鄉山陬海澨一隅之地耳而竟有志常棠志久著令譽於志林董穀續之吳爲龍再續之方蓉浦殫四十年之心力成新志一書其詳愼且勝前志代有留心掌故者之孜孜不倦亦足以想見此一隅地歷來文化之不後於人乃世運不能無升降人文不能無興廢迄於今鮮復有人注意及此甚至不學如余亦與於纂訂溆志補錄之役又安得不令人增今昔之感耶程君韵唐吾鄉之誠篤好古博學多聞士也嘗以常志原刻無存董志流傳極少方志久不梓行恐漸散佚以至泯沒蓄志將三書合訂斥資付印又以淸咸豐以來數十年間尙無記載曾旁搜博採輯溆志補錄二卷十餘年前將此書商量及余是時余方輪蹄南北學殖荒落媿無涓埃之助耿耿久矣今年夏蟄居鄉里君復以補錄稿授余屬爲參訂余雖自知譾陋然不敢固辭乃約吳君俠虎陸君鳳書及程君文孫雪門等共出訪問故老尋求遺蹟不意鄉人士之能知數

十年前事者已屬寥寥竟無所得其前志所未詳或稍有可疑者均不可得而考正矣僅就所知者補之疑者闕之不求有功但求無過草草成書以附於常董方三志之後而成程君之志惜吳氏之再續溆水志嘉興府志雖略有採引而原書無從訪覓即方志去吳未遠亦無隻字載及溆浦之尙有吳志斯眞不可解者因思世惟古籍最可寶貴亦最難保存今之人往往數典而忘祖非其忘之也惟其不知之也苟無程君之一片苦心則數十百年後恐溆人幷常志董志方志之名而亦不知之矣雖欲不忘其可得乎今茲之役不過冀將溆志保存若干時若夫考證詳明編纂精審之巨著當俟後之君子中華民國二十四年乙亥孟秋之月祝靜遠謹序

澉誌補錄序二

宋常棠撰澉水志越三百年明董穀續之再越三百年清方蓉浦先生積四十載之採訪編輯成書名曰澉水新志未及付梓先生卽歸道山其孫海珊世守藏之尚以不燬於兵燹爲幸清宣統三年九月土痞糾衆毀屋斯稿散佚不知所在旣而檢得於字紙簏內未始非冥漠中呵護之靈有以保存之也然稿固無恙而不刊行之世遠則年湮恐終至滅沒豈特當年先生摭拾之苦心化於烏有卽我澉自明嘉靖迄清咸豐三百年之事蹟不皆茫然無稽乎是亦後起者之深責也先生志稿凡十二卷常志原刻無存鹽邑志林中曾搜鏤之董志僅存如碩果耳茲擬將三志合訂付梓庶幾先哲遺著同垂不朽而掌故者便於披覽焉惟自清咸豐迄今又八十餘年矣其間世變愈亟人事愈繁不可以無志曩輯澉志補錄二卷擬附刊於三志之後此稿藏篋中者十餘年尚未敢自信又以刊資不足有願未償今夏承祝君靜遠及吳君俠虎陸君鳳書等相助搜集材料修飾文字重行編訂書成爲記其崖略如此民國二十四年秋七月程煦元序

澉誌補録目録

區域 戶口附
風俗
物産
山
水
海防
交通
學校 選舉仕籍附
機關社團
鹽務
名勝古蹟 墳墓寺廟附
人物 耆壽附
傳記
藝文
雜記

澉浦區境圖

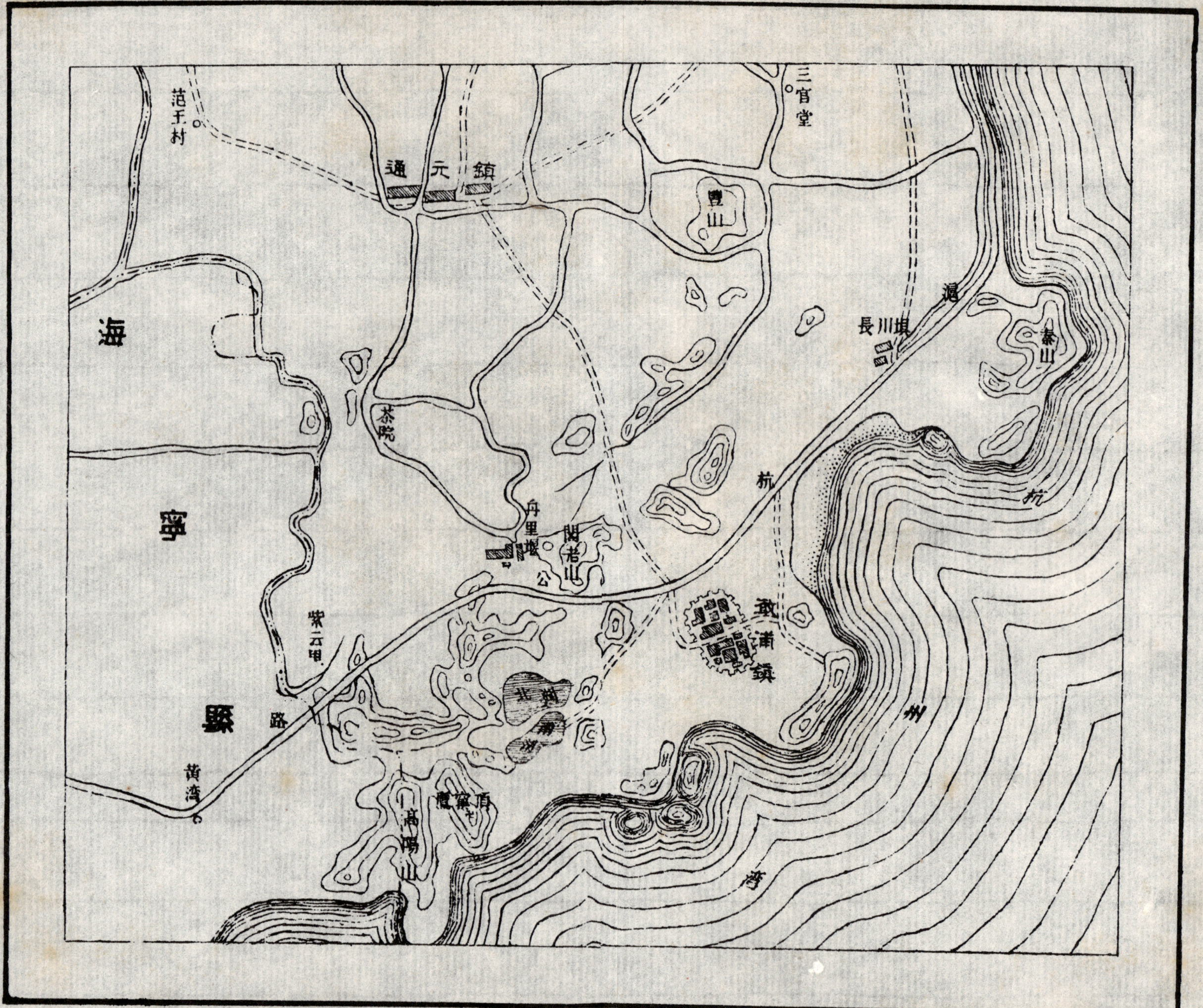

澉誌補錄

編纂程煦元
參訂祝靜遠
吳俠虎
陸鳳書
程　立
校讎程伯淵

區域

澉浦位於海鹽縣之西南境東至秦駐山西界海寧縣境南至於海北至通元茶院等處按常志引水經云東南有秦望山旁有谷水流出爲澉浦是澉水志即指澉水流域而言民國以後海鹽劃分六區旋改爲五區澉浦區其一也以推位讓國裳臣發商湯陶拱民伐有周虞弔瑞十九村（同稱坊）及澉浦里屬之（即向來澉浦所城内之地而分隸於推位讓國四坊者）未幾復改村爲鄉里爲鎭二十三年將各鄉合併以位裳二鄉及推鄉之南部讓鄉之東部合於澉浦鎭臣發商湯四鄉合爲秦駐鄉唐國二鄉及讓鄉之西部合爲永安鄉周瑞二鄉及伐鄉之東部推鄉之北部合爲冉里鄉有虞弔三鄉及伐鄉之西部合爲惠泉鄉陶民拱三鄉合爲茶院鄉共一鎭五鄉

戶口 附

全區共計八千二百七十一戶男一萬八千二百三十三口女一萬七千一百五十口

風俗

澉浦經洪楊亂後人情風俗未離於昔即所謂樸而好文儉而知禮也自遜清同光間張銘齋先生提倡理學力戒浮靡一時士大夫咸嚮往之俗益篤迄今舉世奔競而澉人尚多恬退可見遺風有未盡焉惟以地小民貧後則有赴滬

經商者往往致富自奉不免稍奢爲庸俗所欣羡兼以科舉既停貧士少進身之路農村亦漸凋疲家多中落生計所迫廢耕讀而趨商賈者日多名爲吃上海飯積久漸染滬習而向所有淳樸之風稍改矣以讀書爲無用而文化亦自此衰矣蓋世運遷移有不期然而然者茲將最近澉區各鄉鎮情況分述其大略如左

澉浦鎮爲全區之中心歷來文化頗有可觀近以經商滬上者多一切喜效滬俗讀書不甚注重惟民情尚稱和平少爭訟婦女向多從事績麻近已極少至城外居民仍多務農間亦有往上海習商者永安鄉男女頗勤於農桑沿海居者以煮鹽爲業生計尚裕民情亦較強易於一時結合惜知識缺乏難進步秦駐鄉民多依海爲生漁鹽外亦務農桑頗質樸近來多有紹籍客民寄居種木棉及山薯爲業俗與土著稍異舟里鄉除農桑外無他種生計土地亦不及澉浦永安膏腴民情柔弱散漫故日就貧瘠迤北有溫籍客民雜居俗黠陋惠泉鄉地更瘠苦人口稀少俗柔弱而澆薄近有紹籍客民雜居較土著爲能勤於農事茶院鄉最爲貧瘠日就荒涼民情亦柔弱惟無重商輕士之風與其他各鄉不類

物産

澉浦負山面海地狹勢高斥鹵之民率多煮海爲鹽山家樵蘇而外多栽果樹爲業每歲所産桃李橙橘茶筍等銷售他處歲値萬計農家服田力穡稍遇荒歉卽不足供一歲之糧比戶以種桑養蠶爲急務至若鳥獸草木豆麥蔬茹各有所産舊志僅列品類不疏出處茲擇有典要者錄而補之未能詳志也

穀類

秔 種有早秔中秋秔晚秔之別吾土所種利於早熟無種晚稻者〔因水田大多有春花〕鄉人就其成熟之先後別稱爲八十日子百日子百二日子復有大稈稻

大穀黃蘆種棉條白紅嘴尖矮露白雪裏青等稱別近年以來紹籍廠民有種湖南尖者純種稻今始在永安湖附近試種

糯 產數不多有滦陽種烏芒種野雞糯泥裏滑等種別

麥 小麥大麥裸麥蕎麥均產以小麥爲多

荳 有黃荳赤荳菉荳豇豆扁豆蠶豆諸種蠶豆產豐山者佳俗稱豐山青

蔬果

菜 菘芥蔥韭蕓薹菾蒿萊菔菠穊農圃均產以雪裏蕻爲著

蒓菜 產小西湖土人呼爲滑朵頭採作肥料不知爲珍味民國廿三年春里人吳俠虎爲介由上海三陽觀來溦收購運售滬杭各地與西湖產者風味同美

筍 有山筍園筍二種園筍之最早者名燕來山筍產邵灣山者最佳俗稱邵灣筍古杏山蘭花筍僅產姓墳前數畝有之

蕈 山之有松者春時皆產名松花蕈八九月間所產名寒露蕈以長山產者味最鮮美

西瓜 產北園者瓤甘資脆味美冉里山所產者有白毛味尤甘美俗呼舟山瓜年來沿海一帶沙田所種之浜瓜較西瓜更佳

檇李 邵灣祝姓舊從新篁淨相寺移種兩本有西施爪痕今潘火路橋所產亦有爪痕即邵灣之分種也

桃 南城外大校場盧園產者最佳黃沙塢王家堰產數最多近年亦有植玉露桃者溦地所植多寬橙黃沙塢王家堰等處最多

梅 最佳者曰消梅其次曰金剛拳

橙

橘 有紅橘蜜橘產雞龍山者獨甘美

香櫞 應窠山麓居民植櫞樹極谿俗呼其村曰香櫞樹村

棗 紫色味佳即打棗譜所稱鹽官棗也

楊梅 邵灣李姓山上及南湖朱氏園舊有白色者味甚可口詩人稱之水晶丸

芡實 俗呼雞頭子產永安湖

菱 鮑郎浦有浮根菱

花木

蘭 秦山之陰絕壁千丈爲韭華門產蘭特香尋常一本值數十金俗稱爲秦蘭

蓮 永安湖紅白蓮皆野生

野薔薇 開白花田家籬落間處處有之可入藥蒸成香露可以澤髮土人名之曰刺累

紫荷花草 生田中花開如茵可坐臥遊人藉此泥飲

朱藤 豐山馬氏有朱藤二本數百年物也馬氏世設藥鋪出售脫力藥以朱藤爲記統治四時各病著有奇效其銷行之廣遠及蘇甯紹等處

桑 從石門移種有密眼青荷葉桑火桑諸種蠶時里中植桑不多養蠶殊少販葉者自海寧來遇蠶熟之年葉價特貴近數十年來蠶利較興牆隙山邊比戶樹桑產葉年增最近因絲價慘落種桑之家又日趨衰少矣

棉 吾鄉產棉甚少婦女不習紡織近年長川壩張家藹一帶沙地紹籍客民遍種之產數頓增

茶 里中所產之茶最上木山次鷹窠頂及葫蘆山秦山法雲寺產雲霧眞紅茶數樹尤名貴泉則以雲岫庵之雪資泉翠屏山之花婆井爲上每歲暮春之初舉村婦女相率採茶笑語之聲溢于山谷春星草堂詩集有採茶詞云木山山頂一叢叢香味眞堪乙夜供不數湖州明月峽也勝天竺白雲峯

烏柏 湖上張公堤多烏柏樹霜葉初紅爛若碎綿其子可爲燭油

藥

百合 味甘而有清香形如佛手而小每經一年則瓣高一層視其瓣可辨其年所產以巫子山爲著秋後沿海居民輒放小船登山尋取所獲不過數兩須善價而沽治咳嗽有奇效

山藥 有地產山產山產者佳俗稱黃泥山藥只當食品不堪入藥

桔梗 諸山均產土人呼爲土人參採作補品實誤

地骨皮 吾土所產者頗佳視甘州產者相仿

天門冬 產數頗多土人於冬日掘取售入藥鋪轉銷各處

兔耳草 產鷹窠山治肺癰有奇效

穀精草 田間隨處皆產惟產於永安湖者莖特長大藥用最良

半枝蓮 產雲岫庵後可治蛇盤諺云識得半枝蓮可與毒蛇眠

卷柏 產茶

駐山俗呼九死還魂艸

禽畜

雞 秦山多松山家畜鷄多食松子故其味鮮腴異常俗稱秦鷄　醃鴨蛋 新河一帶居民善醃鴨蛋味異尋常　羊 鄉間豢羊多日恆以枯桑葉作飼料故其味腴美非他處所能及　貛 皮可製裘

鱗介

魚 新河魚味特佳　土附魚 菜花開時最多俗稱菜花魚又名毛鱸　梅魚 長不過五寸形似小黃魚產海中　綠鰻 交秋楓落徽江鰻即乘潮而至長川壢一帶居民在海潭內投入亂石潮退則綠鰻窟于石礫中重者三四斤小者斤許味特美　鯔魚 青山海中居多俗稱海蔗子味肥美其子熏乾切薄明似琥珀爲海錯上品　海鰣 最稱上品黃泥塢一帶偶有所獲不能與江產爭多　鱘鰉 產海中重至一二百斤者可作鮓味極美然不多有　鰽 亦作鰶產海中春初肥美可製爲腊　蟹 秦溪產蟹最佳　沙虎 沙中小蟹殼上有梅花斑產秦駐塢又名梅數不多用花椒納臍內醉以糟糖一月可食吸之脂膏俱盡味美絕倫　蝤蛑 俗名黃甲長川壢一帶海濱產　蝦 秦溪產蝦朱腦風味極佳即檇李詩繫所稱朱頂蝦也　海蝦 自四月至九月爲盛人家烘貯以飣盤案　蟶 穴沙土中楊家圍北團一帶用雙鑽鐵鉤鉤取不易多得惟蕭姓獨擅此術　白蜆 產東海沙塗中殼如蛤而薄惟春月肉圓肥無沙　海蜇 又名水母秋月海中千百成羣得之易而且多　土蚨 自八月至九月不復食泥味較他月爲佳

雜類

鹽 鮑滷質淡不能晒製僅產煮鹽　蠶 有土種有客種有三眠有四眠吾鄉育蠶種多四眠自餘杭販來數年以來間有育改良種者夏蠶俗稱二蠶秋蠶從前育者頗稀近有改良種傳入育者日衆　腰機 澉地農民織夏布其機敧側不平不能正坐必束皮於腰而織之名曰腰機所出苧布以郭氏爲最精名郭家機至織綢絹棉布亦用腰機較平機爲堅密鄉民于農隙時多遠出賃織至杭州湖州宜興等處　石 豐山產石色黃而堅土人採爲甃築用舟里山石用機礙散售爲建築鐵路用　蟋蟀 內城河產者雄健異常　酒 蘆壁清村酒最烈王允美有蘆壁清白酒詩　蟚蝛餛飩 元楊宣慰家宴之具見辛酉雜識

山

澉浦諸山自海寧尖山迤邐而來迄於秦駐又東北而至乍浦其間岡嶺起伏固一脈相連蓋亦南嶺之餘脈也劉誠意謂爲崑崙南龍盡處前賢如張銘齋先生等多非之以爲崑崙即葱嶺其南支由後藏入滇海若以海鹽山爲南龍盡處則閩廣以南之山將何屬乎此說亦持之有故殊不知崑崙非即葱嶺南崑崙之脈自川邊入滇爲橫斷山脈折而東北至黔爲苗嶺山脈在閩爲武夷山脈由閩入浙爲括蒼四明天台諸山入海爲舟山羣島此即南嶺之盡處其

分支在杭州者爲鳳凰山迤邐東北則海寧海鹽諸小山亦卽此分支之餘脈故南龍盡處一語並非虛搆惟謂長墻秦駐之間有最大山脈非周孔不可當云云則無討論之價值矣茲將澉境諸山略分述如下

秦駐山在長川壩東分支名前誌未詳載今仍以秦駐該之　白塔山在秦駐東海中上有屋數椽爲秦駐村人所建　豐山山多石色紅望之如紅霞故又名楓山土人皆採石爲業近年乘掘壙磚山上墳墓多半被毀石屋猶存　大步山在秦駐西北　小步山在大步西北二山相去甚近

葛山在豐山南土人又謂之銀山上有石屋東卸一嶺爲王家山　管山在雙橋北甚卑小　惹山在雙橋西舊志又分其名爲陸墓山山下居戶皆陸姓　楊山在雙橋東俗呼獅子山迤東爲馬鞍山並與碧里山〔卽碧甸灣〕相連　礪頭門山在北城外洗馬池畔與隱馬山相接　隱馬山山勢曲折中有文溪塢村落山北爲東西陳灣村扇子山吳山嘴皆隱馬之一部份也常志吳家山有二一卽此吳山嘴　青山在東城外山麓居民皆網魚爲業濱海有石壁凹進如屋漁人之所避風雨也　長牆山在南城外形似蛇又名蛇山舊志又有黃道山之稱與秦駐青山葫蘆高陽諸山爲捍海天然塘岸前朝屢禁採石近惟黃沙塢海仍有人開採此未可忽視　沿顧山在長牆山東拱嘴外亦名鴨蛋山　葫蘆山在南城外與葛母山銜接　葛母山在南城外閘口山下向有渾水閘今廢閘杜猶上出可見土人亦稱爲葫蘆云　泊櫓山又有閣老大旗之稱迤東有峯與礪頭門山相對曰羅漢山下有羅漢灣村　翠屏山羅漢山之陰也　鳳凰山在西城外共有四峯西曰寶家山北曰月山面臨長河東曰吳家山山麓有大士庵諸峯如鳳凰展翅總名鳳凰山

夾山在茶院西一名中分山與海寧袁花屬之夾山別爲寧海二邑交界處故名　舟里山在茶院北石性堅硬民國以來有人在此設立石子公司用機器軋取石片售作築馬路之用　金粟山在茶院古杏爲金粟分支　茶磨山在舟里堰西山低而小　金牛山山有金牛洞故名一名二郎山　南山卽觀音山以山有惠泉建寺塑觀音像因名山而東南北二湖在其下與金牛本爲一山　越屏風山在舟里堰西南轉水河上　石屋山常志山在鎮西北五里上有石疊成石屋舊傳黃巢時民避兵處董志黃巢街山巔有石屋方志觀音山北爲石屋山案黃巢街山巔遍查無石屋土人亦鮮知石屋之名方志又載楊山石屋山附焉今山上石屋已不完整　颺山南濱鹽田又名象山　荊山雞籠山伏獅山俗稱蔡家山　大成山前志稱大山　萬蒼山卽九杞山也　北目山向稱木山山頂有池與談嶺南聳之山夾道而立中爲談嶺往省垣大道山上居戶皆陳姓　談山一作談家山通稱談仙嶺　南目山與北目山分峙談嶺南北山上居戶皆湯姓東南山麓爲黃沙塢村直東至雲岫庵山路平坦　麂山礜山高陽山昔稱南陽山又名雲岫山有雲岫寺俗呼鷹窠頂山相傳山多鷹窠故名　老惹山濱海爲黃沙塢入口處右十三峯環堵南北二湖除荊颺二山分峙外餘皆蜿蜒相接　小山在柳橋泊櫓山前其側有吾家園　澤山泊櫓餘支與隔岸鳳凰支蜒月山相對俗呼饅頭山　橫山泊櫓南卸之山橫峙澤山小山之間因名

水

澉地局處海隅羣山環抱地勢既高水源不足兩月不雨便見水涸前人屢有

開河蓄水之議仍難免十年九旱之患果係天然所限定歟抑人謀之未盡臧歟茲將澉區所有水流略分述如左

(一)南北湖　此湖匯諸山之水爲灌田之用自明洪武間及清康熙時兩次疏濬後久不見續濬淤澱日甚近數十年來雖經張銘齋先生開深引河後又由步鳳翔等發起借用兵工稍稍挖掘北湖然非全湖疏濬雖見大效民國二十三年大旱後湖底龜裂一片荒原頗有人議乘時開濬終以經費無着而止結果僅朱馨谷君之略事開濬引河而已

(二)中河　受南北湖之水分二支一西北流至孫家堰一東南流至張老人閘水滿時西北流者洩入長河東南流者洩入城河故此河不過爲南北湖與城長河間之水道其深淺尚無重大關係

(三)城河　又名濠河環澉浦城河面頗闊城東有裘家壩城北有滾水石壩以資蓄水惟城西自日暉橋流出至舟里堰止與長河通稱上河距今六十

年前張銘齋先生發起疏濬後民國二十三年大旱水盡涸由周叔元君發起籌募經費並由上海慈善家陸伯鴻君援助成立澉浦濬河工振會從事疏濬計開深三尺至四尺開闊二丈至二丈四尺共長一千四百八十八丈五尺開土一萬零四百四十七方（每方長闊各一丈深一尺工銀四角）費國幣銀四千一百七十八元一角二分又濬內城河計開土一千六百零八方費國幣銀六百四十三元一角四分

(四)長河　又名六里河自日暉橋起至舟里堰止與下河高低懸絕全恃此堰以遏上河之水如遇水多時可啓堰南之轉水閘以洩入下河民國二十三年濬河工振會亦將長河列入開濬計劃內旋以水滿未開

(五)新河　在東門外自裘家壩起至長川壩止亦宜蓄而不宜洩惟水多時則開長川鋪基閘以洩入下河民國二十三年亦由周叔元君等織組之濬河工振會開濬由徐佩榮君董其事計長一千六百十二丈五尺開土七千

五百二十六方費國幣銀三千零十元五角七分九厘

(六)大㝗湖　在南門外長山灣明朱心泉於湖口建置閘座以灌溉灣內之田清道光間盧元煦君又濬灣內五浜惟日久漸淤此湖亦急待疏濬矣

(七)冉里堰外之下河　此河在冉里堰之張公橋港分爲二支一向東經趙家橋等處以達通元一向西經倪家木橋等處以達茶院兩支皆汊港紛岐且自通元茶院以外則四通八達矣與秦溪亦相通

(八)長川壩外之下河　秦駐山之水出祖龍橋會長川而總會於石鼓橋其支流由白洋河而北至邑城其經流西行抵豐山一循山之麓而北一循山之東橫行過西至通元古皆謂之秦溪

(九)魯塘河　在北門外迤東北沿隱馬山等處至雪水港約長七里現截爲若干段久已佔塞矣董漢陽謂開通此河有八利今雖時移勢易然尙有三利沿河兩岸草蕩可成膏腴一也鹽運及其他貨物不勞過堰二也隱馬山等處頑石便於運出三也

以上所述諸水除魯塘河已湮塞外其中惟六里堰長川壩以外之水可以接通外河餘皆與外河隔絕全賴雨水下降高而易瀉淺而易涸均宜濬深以蓄之而尤以南北湖爲最要蓋爲衆水之源也至澉地與外河交通則以魯塘河爲最近便且可直接通至城下故南北湖不開深則水源不富魯塘河不開通則水流不暢源不富則營養不足流不暢則血脈不通皆於澉有大不利焉以澉人財力論果能衆志合一則治水亦易事惜近來無人注意及之使吾澉自陷於不救耳豈眞天實爲之哉

海防

澉之東南西三面皆海東北通乍浦西南通錢塘江口向以黃道關爲澉之門戶亦卽浙之門戶也有礮臺（清同治十三年浙撫楊昌濬撥款委記名總兵傳明暄補用同知杜冠英用三和土建築上設大礮三尊一天字號重四千二百斤一冬字號重三千八百斤一荒字號重三千五百斤民國五年浙督朱瑞令將三大礮及以外小礮十餘尊鎔鐵售去其廢臺至今猶存）

沿海自秦山至靑山長山葫蘆山一帶舊時均有營寨葫蘆山之西頭二圩鳳凰山之間亦有礮臺今皆頹廢歷來防兵有澉浦汛清同治六年減定額兵留三十三名內戰兵九名守兵二十四名增戰兵月餉銀二兩五錢〔向例一兩五錢〕守兵月餉銀一兩五錢〔向例一兩〕每月各支米三斗十三年添撥守兵五名共存兵三十八名皆就地招充光緒二十二年裁兵八名存三十名二十六年全裁撤及外海水師營清同治六年奏定減兵增餉案內存留戰兵五十四名守兵一百二十六名增戰兵月餉銀二兩五錢〔向例一兩〕每月各支米三斗光緒二十二年續裁兵二十六名三十二年又裁兵二十七名實存兵一百二十七名內戰兵三十六名守兵九十一名分派防守頭圍海口礮臺兵五十名駐紮總寨海口練軍兵二十五名捷字十一號釣船巡洋兵二十五名捷字十二號釣船巡洋兵十八名除分派外剩兵九名內有外額二名餘者輪守軍裝藥局宣統二年裁撤民國五年由浙省警備隊駐防八年改編陸軍駐兵四十名十二年冬撤防由海鹽保衛團派班長一名團丁十名駐守年來海氛不靖二十年冬間全城曾罹盜匪洗刼之禍海水東深西淺海形愈西愈高秦山大綠滿桃花塢外最深明時倭寇首由此登岸光緒十六年英艦窺測水道亦停泊大綠滿長山外水亦深同治二年本國兵輪至是處停泊一次一二八之役日艦亦曾到此故澉海以秦山長山口爲最吃緊黃沙塢西海頭葫

蘆灣湯家園至北團等處僅尋常帆船可以行駛然地臨海口防務亦不可懈陸軍八十三師於一二八後蒞澉塡防各海口均開掘壕溝最近由中央參謀部定計在澉海設置礮壘多處並由寧波防守司令部派兵防守海防其可以自此鞏固歟

汛守職名 附

飽（鮑）泉 清咸豐三年署

陳長瑞 咸豐五年任又八年任

應榮春 同治三年署

錢增壽 同治五年署

張純江 同治十一年任

錢殿鑣 光緒十一年署

金子鰲 嘉興人武舉光緒十七年署

俞耀南 咸豐三年任

張成龍 咸豐七年任

全斌 同治五年署

黃泰淸 同治七年任

許承翁 光緒四年任

史得勝 光緒十二年任

楊敬仁 光緒十八年署

趙雲燦嘉興人武舉光緒二十年任
陳朝安黃巖人咸豐二年任

都司職名

王鳳標黃巖人咸豐七年任
董大鵬道光二十八年任
鄭映玉台州人同治三年署
何堯宗咸豐三年署
王崑岡
尹殿祥仁和舉人咸豐十年署
陳華亮湖南臨湘人同治七年任
洪際會定海人同治四年任
沈鎭藩黃巖人同治十一年任
岑衡南海人同治七年署
龐兆先光緒五年署
黃坤剛潮州人同治十一年署
王錫榮光緒七年署
梁廷爵光緒二年任
鄭維祥鄞縣人光緒九年署
羅雲鑣光緒六年任
周恩培廣東人光緒十二年任
龔才寶光緒八年署
蔡兆榮光緒十一年署
劉賢斌鎭海人光緒十八年任
喻先發河南人光緒二十年任
馬士興廣東人光緒二十二年署
陳邦鎭鎭海人光緒二十三年任
張炳文廣東人光緒二十八年任

清光緒三十年都司裁撤以乍右守備移駐

鄭維祥光緒三十年任
王祥玉定海人光緒三十三年署
王澍恩黃巖人光緒三十四年署
方遇春安徽桐鄉人光緒三十四年署
陶全盛安徽人宣統二年任
宗承黼錢塘人宣統二年署

清宣統二年水師營裁撤存兵十名守礮臺改設頭圍海口分臺官

礮臺長

厲承恩乍浦人

民國三年礮臺長及守兵皆裁撤改設乍澉軍事稽查長並設稽查員四名

四年又裁撤

千總職名

孫繼光 黃巖人道光二十九年任
賈殿魁 寧波人同治二年任
應炳南 黃巖人同治六年任
王祥玉 光緒十一年任
柯遇春 福建同安人光緒三十四年任
張金高 黃巖人道光三十年任
陳邦鎭 同治五年署
陳邦彥
陳國榮 湖南人光緒三十三年任

把總職名

陳周笙
陳邦鎭 同治八年任
陳殿慶 溫州人光緒十八年任
蔡武嶽 湖南人同治三年任六年復
王殿邦 乍浦人同治九年任
陳國榮 光緒二十九年任

外委職名

陶永清
蔡榮華 湖南人
徐超然 鄞縣人
舒松濤 鎭海人
陳國榮
李鴻祥 乍浦人

額外職名

董登雲 海鹽人
胡榮慶 定海人
舒松濤
陳寶書 鎭海人
徐超然
潘長雲 黃巖人
胡潤慶 定海人
王承先 平湖

交通

澉浦自南宋以來爲吾國重要之海口元明之世海道交通仍極繁盛惟自明代防寇甚嚴商賈稍稍裹足加以海水日益淤淺故清季開放門戶澉已退處於閉塞之區目下海上交通僅由澉至對岸餘姚尙有帆船俗名輪埠船往來若內河交通可分三路一由澉湖長河至冉里堰再由堰湖下河通茶院通元硤石

等處二由新河至長川壩過壩由白洋河至海鹽邑城由秦溪至通元等處三由北門外陳灣雙橋等處可通徐家木橋雪水港等地以上三路皆四通八達其中惟舟里堰至通元硤石有小輪行駛餘皆用民船往來至於陸路交通向無大道僅由談仙嶺通至省城一路爲舊時傳遞文書之孔道而東至乍浦西至海寧亦可沿海塘而行自民國十八年浙省公路杭平段通車路經澉境交通頓便其路綫由海寧之黄灣入境經紫雲村邵灣村跨長河（三號橋）在舟里堰南設站售票經澤山泊櫓山陽跨貓兒浜（四號橋）菱蕩浜（五號橋）在城北丁字街後設站售票經顧家棣跨石橋浜（六號橋）至顧家園跨新河（七號橋）折而北沿舊塘路向東北至長川壩市經新舍直抵邑城在澉區境內者計長十七公里

郵電附

澉浦向無郵政書信物件皆由信局傳遞自民國初年設立郵政代辦所計有澉鎮舟里堰長川壩三處

電報在清光緒時曾經設立（清季中日釁生浙撫廖穀似巡視海口砲台還省與藩司趙展如商議設立乍澉電線以通省城郎派大令集鳳儀至滬採辦物料由嘉興電局出東門造至平湖乍浦遵海而南直達澉浦於光緒二十一年二月二十四日告竣設局通電局在南門外吳氏祠）旋即停辦至民十一年始設立電話零售處計有澉鎮舟里堰長川壩西海頭茶院豐山等處

澉鎮街衢附

東街　岳庵街（在武帝廟西）　珠官廟街

南大街（民初由劉式如朱瑞年發起募款修築）　陳家街（通南小街）　倉街　城隍廟街（通南小街）　洪家街

（通南小街）南小街　塘灣街　道觀街

西街　十間樓街（通道觀街）　謝家街

北大街（由周杏農步鳳翔發起募款修築）　嶽廟街（通北小街）　蔡家街　郭家街　蔣家街（通北小街）

小寺街（通北小街）

北小街　塘門街（今俗稱金王廟街）

丁字街在北門外有市　王家街有東西二街

學校

澂浦小學舊址在西街朱宅係朱益三妻陸氏捐助並助田四十二畝民國二十三年教局將校舍售去另建新舍于禪悅寺場

海門小學原名慧中女學民國十六年里人吳俠虎醵資創辦並呈撥城租及西團公產四十餘畝又陳晉軒君捐洋二百五十元作爲基金民國十八年由教局接辦改爲今名

長川垻小學借蟾蜍廟爲校舍

馬家堰小學借廣慈廟爲校舍

文溪塢小學借周姓祠爲校舍

湖閘小學借悟空寺爲校舍

黃沙塢小學賃民房爲校舍

西海頭小學步歲春君捐助校舍

夏家灣小學借民房爲校舍

舟里堰小學賃民房爲校舍

城南完全小學民國十三年里人朱斐章捐資設立就延眞道院舊址建造校舍

民新小學在洗馬池上民國十五年陳晉軒君捐資設立並將井嶺亭故址改造校舍

汲仁小學在西海頭步稷丞君捐資設立

選舉附

清咸豐三年癸丑歲試

盧光錫邑庠生　胡秉均府庠生　盧恂如邑庠生

盧怡如邑庠生　胡永清邑庠生　朱福祁廩貢生

顧鏞邑庠生　朱國華邑庠生

咸豐四年甲寅科試

王學蘇府庠生同治乙丑舉人　步鴻逵邑庠生

咸豐六年丙辰歲試

張炳勳邑庠生　胡彭壽邑庠生　曹錫齡邑庠生

徐秉銓邑庠生

咸豐七年丁巳科試

畢人俊丁卯邑廩生　朱福詵邑廩生辛酉拔貢己卯舉人庚辰翰林　沈朝英邑庠生

朱福準附貢　朱國璿邑庠生　周承烈邑庠生

顧德明邑庠生　祝仁傑邑庠生　祝懷淸邑庠生

咸豐九年己未歲試

朱保泰丙子邑歲貢

同治四年乙丑補行庚申壬戌癸亥三科

盧愉如邑庠生　萬鑑邑庠生　許學蘇戊寅邑歲貢

王敬熙邑庠生　歸國光邑庠生　畢宗彝邑庠生

張華淸邑庠生　朱銘勳邑庠生　陳濚邑庠生

方衍善邑庠生

同治五年丙寅補乙丑科試

楊士駿邑庠生　萬金府庠生

同治六年丁卯補丙寅科試

周學濂邑庠生　萬文濬邑庠生

同治七年戊辰歲試

朱福潛邑廩貢　姚興成邑增生

同治八年己巳科試

張樹憲邑庠生　胡鼎邑庠生　張樹蕙廩生

夏尙忠邑庠生　祝緒薌邑庠生

同治十年辛未歲試

李延祉邑庠生　祝銘新邑庠生　盧愷如府廩生歲貢

沈履清府庠生

同治十一年壬申科試

朱元榮邑庠生　胡　江邑廩生　徐延祚府庠生

胡　蘇邑庠生　陳其升邑廩生

同治十三年甲戌歲試

周紹濂邑附貢　祝豐貽邑廩生　張文俊邑庠生

姚慶成邑庠生　步大章邑庠生　朱福儀邑庠生

光緒元年乙亥科試

祝賡仁邑庠生　胡　源邑庠生　祝志仁邑庠生

陳　濂邑庠生　胡敬誠邑庠生　朱元綱府庠生

盧學綸府廩生乙酉拔貢　陸脩仁府庠生

光緒三年丁丑歲試

李延祚邑庠生　陸升榮邑庠生　陳　俊邑庠生

陳汝諧邑庠生

光緒四年戊寅科試

戈安瀾邑庠生　胡宗俊邑庠生　朱文釗邑庠生

祝學洙邑庠生　王福頤府庠生　顧賡聲府庠生

祝學濂府庠生

光緒六年庚辰歲試

盧寶謙邑庠生　朱貽經邑庠生　吳　亮邑增貢

潘鳳韶邑庠生　程煦元原名振爗府廩生歲貢

光緒七年辛巳科試

王福謙邑庠生　俞思聰府庠生　楊士炯邑庠生

胡鴻照邑庠生　陳　書邑庠生　沈文藻邑庠生

胡鳳儀邑庠生　王鑑邑庠生　胡鴻鈞邑庠生

光緒九年癸未歲試

盧學源己丑舉人　張清熙府廩生　顧華培邑庠生

徐錦標邑庠生　徐文標邑庠生　朱興沂邑庠生戊子科舉人

陳維藩府庠生　陸元俊府庠生

光緒十年甲申科試

朱文錦邑庠生　祝鳳儀邑庠生　朱元綸邑庠生

朱人儀邑庠生　朱元憲府庠生　周人倬邑庠生

張紹先府庠生

光緒十二年丙戌歲試

許清澄廩生癸卯副貢　張樹芸邑廩生歲貢　步清藩邑庠生

王文濬邑庠生　朱興鄴邑廩生丙午歲貢　朱錫齡府庠生

光緒十三年丁亥科試

朱興燕邑庠生　朱貽紳邑庠生

光緒十五年己丑歲試

步清瑞邑庠生　趙振穀邑庠生附貢　盧宗廉邑庠生

步清溶邑庠生

光緒十六年庚寅科試

朱興郯邑庠生附貢　祝學鴻壬子歲貢　王承基邑庠生

朱興汾邑庠生丁酉科舉人　沈德麟邑庠生　張紹儀府廩生

光緒十八年壬辰歲試

陶斯咏邑庠生　沈徵騤邑庠生　潘鳳岡府庠生

劉兆祥邑庠生

光緒十九年癸巳科試

許　森邑庠生　楊宗時邑庠生　潘鳳儀邑庠生
徐彭齡邑庠生　沈師濂邑庠生　王元均邑庠生

光緒二十一年乙未歲試

朱興淮邑庠生附貢　沈濟康邑庠生　王乃賡邑庠生
陶階泰邑庠生　盧宗城邑庠生　朱興璐邑庠生
曹　林邑庠生

光緒二十二年丙申科試

張紹桐邑庠生　張世楨邑庠生　朱興洴邑庠生
沈景嵩邑庠生　韓溥城邑庠生　盧寶仁府庠生

光緒二十四年戊戌歲試

俞思賢邑庠生　盧寶濟邑庠生

光緒二十五年己亥科試

朱　襄己酉拔貢　吳大奎邑庠生　祝學誠邑庠生

光緒二十七年辛丑歲試

步清泰邑庠生　朱　宣邑庠生　朱興渭邑庠生

光緒二十九年癸卯科試上年廢詩文考策論

吳光炯邑庠生　王鴻鈞邑庠生　祝學賢府庠生

光緒三十年甲辰

朱濟川邑庠生　陶階英邑庠生　朱濬川邑庠生
祝　顓原名紹良邑庠生浙江高等師範畢業欽賜舉人

光緒三十一年乙巳

畢福成邑庠生　王文煥邑庠生　盧宗裕邑庠生
盧宗孚邑庠生

是年七月停科舉

民國

祝穎 民國十三年當選浙江省自治法會議議員

陳濂　沈徵騤　潘鳳岡 元年壬子縣議會當選議員

吳元亮　祝穎 十一年壬戌縣議會當選議員

陳濂　潘鳳岡 元年壬子省議會初選當選人

王乃賡　祝鳳儀　沈徵騤 五年丙辰省議會初選當選人

祝學洙　許清澄　吳光炯 十年辛酉省議會初選當選人

鄉董 二年選

盧學源 五年改自治委員十七年改款產委員

鄉佐 二年選　里長 十八年改選

王乃賡　程寶槐

仕籍 附

清

朱嘉穀號子繩候選直隸州州判著有水心雲意軒文稿子繩詩課以子貴誥贈榮祿大夫

朱福祁號杏卿任蕭山縣訓導歷署金華德清縣學訓導著有天光雲影軒詩稿

朱福準號萊卿歷署金華鄞縣教諭海甯州學正

張文炳號吉菴任湯溪縣訓導

朱保泰號哲香候選蘭溪縣學訓導考取八旗教習

盧怡如號端卿保舉訓導

朱維基號藕君保舉訓導

徐元英號藹士保舉訓導

吳匡清號葵卿候選縣丞

王儒號儼齋任福建南臺巡檢
朱秉泰號佩廉廣東補用府經歷署曲江縣縣丞
陳昌祺號筠舫保舉國子監典簿
陳昌祚號庾梅保舉訓導
陳清烈號雲門保舉訓導
盧光錫號吟盧候選兵部主事
許學蘇號柳汀候選訓導
朱福潛號菊卿江蘇候補知縣保獎知府銜
朱興沂號志侯舉人戶部主事正任廣東雷州府知府鹽運司銜補用道
朱興汾號誠侯舉人內閣中書保送知府正任貴州高等審判廳廳丞
張樹芸號香岩候選訓導
程煦元號韻唐候選訓導

朱興路號冠侯河南候補知縣歷署西平濬縣睢縣知縣
祝銘新字硯卿江蘇候補巡檢
陶成模號醉石國子監典簿著有琴書軒詩文集
盧學源號悌君舉人內閣中書
朱興鄴號李侯就職直隸州州判
盧宗鰲號冠士光祿寺署正
陶宗仁號伯琴武庠生光緒己卯浙江秋闈武巡捕升補都司賞加四品花翎
充山東撫標改委安徽合肥縣緝私分銷
陶源號叔琳附生海鹽塘工義務員賞給六品功牌天津永定河監工員保舉鹽大使
陶宗智號季園歷充江蘇淮揚等處釐捐委員上海貨捐局委員
陶淵號幼盧附生江蘇候補巡檢五品銜賞戴藍翎歷任江蘇保甲委員宜荆

等處巡查委員吳淞釣船局委員

民國

朱興渭號劍侯武義縣知事著有近玉詞集

朱興鄴號倬侯清貴州補用知縣正任丙妹縣縣丞民國廣東侯補場知事歷任廣東惠萊場小靖場知事浙江鳴鶴場知事玉泉場知事

朱興淮號臨侯清保舉知縣吉林地方審判廳廳長民國直隸候補知事

王福鼎號寄宣任福建長泰縣知事現寄籍福建

曹林號星詞嵊縣新昌查缸酒捐委員吳興繭捐局局長

祝穎號靜遠別署晴園浙江優級師範史地專科畢業清欽賜舉人內閣中書民國後曾任浙江省長公署祕書浙江省議會祕書浙江督軍署諮議國務院顧問國民革命軍第一師祕書主任海鹽縣教育局局長國民政府財政部山東麥粉特稅局局長等職

盧宗孚號伯雄京師大學畢業考取高等文官考試分發內務部歷任山西絳縣趙城縣甯武縣晉城縣察哈爾宣化縣等縣長現任山西大同縣縣長

盧宗謙號仲模浙江高等中學畢業曾任北京烟酒署僉事現任南京財政部烟酒稅處科員

盧宗澄號夢生交通大學畢業現任上海國際無線電臺工務主任

機關

區公所民國十八年成立廿三年裁撤　鎮公所民國廿三年成立

鄉公所民國廿三年成立五鄉各一　公安分局通元丹里堰長川壩各有派出所

秤放局　鮑郎場公署民國廿二年裁撤由秤放局兼理

汽車站

社團

中國國民黨海鹽縣黨部第八直屬區分部

輔善堂宋心耕周杏農捐資設立　同善堂有田一百零五畝六分市房二間現由鎮公所管理

鹽業公會　麻業公所

拳術社在茶院　合作社

區長姓名 附

吳福彬民國十八年任　張啓舜民國二十年任　宋伯藩民國廿二年任　陶維棪民國廿二年任

公安分局長姓名 附

黃駿聲　蘇德廣　陳剛義烏人　梁傑安徽人　鄒駒江蘇人　倪啓驊　張良栻安徽人　徐廷傑仙居人

周善榮　王禮媗湖南人　徐宗信海寧人　魏淦　黃壽山金華人　洪玉堂金華人　吳寶森　徐蘇苑

克寬北京人　邊疆煌諸暨人　胡步虬永康人　邊疆煌民國廿一年復任

鮑郎場大使姓名 附

申祜正白旗漢軍人咸豐七年任　沈裕淮如皋人監生同治五年署

雷豐疇廣西人同治五年署　申祜同治五年復任

謝錫昌武進人同治六年署　劉鳴盛臨湘人同治七年署

張士錦遷安附貢同治八年任　程嶔年婺源人監生同治十一年兼理

張來川元和人附貢同治十一年署　陳詩頌江夏人監生同治十三年署

胡樹屏四川人供事光緒元年任　韓克紹湘潭人舉人光緒五年任

楊鑒金匱人附貢光緒六年署　書鳳廂黃滿人光緒六年任

司開先河南人舉人光緒八年兼理　費巍成光緒八年任

丁廷和安徽廬江人監生光緒十一年任　翁大緯江寧監生光緒十六年署

孫聯奎江蘇人光緒十六年署　陸炳吉通州人供事光緒十六年任

張晶安徽人監生光緒二十一年署　潘慶琛涇縣人監生光緒二十一年署

孫傳豫安徽壽州人光緒二十二年任　龔熙元江蘇人光緒三十二年署

葉士升江蘇吳縣人監生光緒三十三年任　魁彰驤黃旗滿人宣統二年署

韓溥甘肅人舉人宣統二年任　阮景榆江蘇松江人宣統三年任

沈　寔辛亥年十月任
洪宇初民國元年任
富國楨杭縣人民國元年任
陳　銘海鹽人民國二年任
武維周江蘇人民國三年任
羅則豫福建人民國四年任
鄭隆驤民國五年任
秦豐元湖南人
徐思廣湖南人舉人民國六年至八年任
王康祖江蘇人民國九年任
童溥仁安徽人民國十年任
楊德基金華人民國十四年任
周貴和象山人民國十六年任
周　旦杭縣人民國十七年代理

秤放局長姓名附

褚燮泰嘉興人　龔安軾合肥人　張文琳丹徒人　張燮臣貴池人　王向曾天津人　徐康武進人　余達善武進人　張萬龍廿一年任　陳瀾清上海人廿二年任

鹽務

澉浦昔有鮑姓者鑿浦煑鹽今地名浦漾此鮑郎場名之由來也清乾嘉時有鹽竈一百六十餘家東西南海盡是鹽田青山塘前馮家舍一帶向亦煮鹽兼進姚滷以補不足洪楊刼後所存竈數祇四十九家然炊烟四起產鹽猶不在少數所產之鹽潔白而細故鮑鹽最著名在未設嘉禾公廒以前由竈商運往嘉湖售於鹽商有竈有滷煎鹽爲活者曰竈戶貧而無告售鹽爲活者曰肩販清時所謂老小婦女鹽准許民間買賣以作本地食鹽民國後始有輕稅之名自秦駐山至鷹窠山綿亘二十餘里居戶皆靠海吃海西海居民負湖而居舍此更無他業煮鹽手續繁重工本浩大每屆伏汎產滷最旺遇雨則全工盡棄年來因鹽價未見增高柴滷反貴益以連年荒歉鹽民爲生計所迫類多改營他業鹽田鹽竈荒棄頗多當道曾令改煎爲晒鹽民以鮑滷質淡力爭得免現存東西南海竈數合計僅三十一家眞年不如年矣鹽田夏雪之奇景疇復有早年之壯觀哉今將鮑郎鹽務變更情形逐項記明于後

鹽田　荒廢甚多無從統計今客民種植棉花之沙地約數千畝從前均是鹽

田

煮鹽　手續繁重工本浩大詳方志朱琰所作晒海謠　民國二十一年上海明星影片公司來澉攝取鹽潮影片尤爲顯明

鹽稅　除額鹽重稅外其餘由秤放局秤見統完輕稅重稅每擔七元二角

輕稅　民國七年實行每擔一元二十年每擔增至一元五角有輕稅護照可用三日每日每人限挑五十斤以袁花通元石泉倪墺廟茶院冉里堰長川壩等是爲輕稅區域二十三年改十三兩六錢秤後每日每人限挑七十斤護照祇一日可用每張護照輕稅一元一角二分

鹽價　現價每擔九角

產鹽量數　每年產量不同因產滷有多寡產鹽遂分軒輊最近每年大約在萬引左右

引名　三百斤爲一引一百五十斤爲一包三十引爲一票向用大秤民初改

司馬秤二十三年改十三兩六錢秤

放鹽　向由場署監察現由秤放局秤放

運鹽　嘉湖公廒領到護照後即行配捆捆出後訂引放行

改煎爲晒　民國十八年令經鹽民請願得免

廢場　民國十八年令經鹽民請願得免

嘉湖公廒　遜清光緒十二年設

稅警隊　民國五年設鹽警二棚七年改緝私隊今改此名廿三年槍殺鹽民幾釀事端

秤放局　民國八年設十六年裁撤十七年復設廿三年因收受陋規全體撤換二十四年增設西海呰圩二分局

鮑郎場署　民國二十一年裁撤

澉城批驗所　民國二十一年裁撤向例運鹽至此查驗放行

名勝古跡

澉浦向有小抗州之稱蓋以嘉郡七邑惟澉多山風景自較秀麗加以海環於外湖位於中古墓名刹點綴其間墨客文人時來歌詠勝跡流傳頗有足述茲就見聞所及或前志所未載者略志如下以供遊人之探索焉

鐘樓 在城內北大街洪楊劫後樓圮梯折不能登光緒十三年盧光錫集資重建民國十一年颶風吹落葫蘆頂屋面亦損壞十二年畢宗周程煦元盧學源周昌國王乃賡集資重修自五月開工至十月告竣

古銀杏 在城內南小街塘灣街郭宅後高十餘丈大約十抱其形似獅陰照數畝傳係元時人所植

馬樹 在城內南大街倉街內路旁根蟠土上形似馬首尾四足畢肖又西首朱宅前有古柏一株相傳均三百年前物也

仙鶴池 為前明吳司寇家園內魚池形似得名

荷花池 在金王廟後

節孝牌坊 在城內南大街海門寺北李姓屋後一為畢國璋妻錢氏一為畢建勳妻徐氏學使李公表以汎柏齊聲額

胭脂河 在城內道觀街元楊梓于是處建樓十間貯姬十人胭脂傾入河中水呈赤色故名

塘門街 在城內北小街今稱金王廟街

義井 在城內西小街蘇業公所內道光間里人開掘古義井無考

海浴場 在長川壩東地名新舍民國廿三年趙志游設

司城 在長川壩東奏駐山麓即澉浦巡檢司城土人謂係就近村民築以防倭名為私城實誤

東拱嘴 在長牆山東外有小島對立如門潮由口入復由口出疾如飛瀑形如人字又名人字潮為觀潮勝處

獅松 在長川壩西新團塘路旁某姓鹽倉內

明珠泉 在官山明珠菴內

望海樓 在南城外天妃宮後風帆出入一目瞭然雖非觀潮之處然在潮頭漲落時亦有晴光萬道海天一色之概

礮臺 在南城外長牆山清同治十三年巡撫楊昌濬築今廢壘猶存

談嶺石城 在談仙嶺清道光廿四年巡撫劉韵珂建向有礮台兩座官廳五間營房十間燬於洪楊同治十三年巡撫楊昌濬撥款委記名總兵傳名喧補用同知杜冠英修整石寨建復官廳營房並由嘉協撥外委一員駐防每年更換光緒廿五年裁撤今廳房亦已坍毀

百畝圩 在舟里山西北相傳為三國時吳陸遜閱兵處

太子墩 在邵灣朱菴東北朱氏墓後故老云是紫雲村女葬子處

雙梓墓 在茶院東此墓現為楊姓所有今稱梓樹墳

吳孝子坊 在南山惠泉寺路旁清乾隆七年立孝子名琦元

鴉鵲墓 在舟里堰青龍橋北前有鴉鵲浜此處向為舟里堰市集地名張家街

吾家園 在泊櫓山旁向為海鹽吾子與別業今山上猶存舊時花木

石浴缸 在談嶺石城東相傳為談仙浴處

高士亭 在高士湖悟空寺前湖墩上民國廿一年里人吳俠虎募資建在張公堤今明星亭原址廿三年為颶風吹毀改建于此祝晴園聯云萬古長留高士蹟一亭想見聖湖春

明星亭 在高士湖張公堤民國廿一年里人吳俠虎借上海明星影片公司胡蝶女士等來此攝取影片因請明星經理周劍雲君建亭于此吳穎甫聯云看此湖美不勝收也好比得昔西子憶先人詩會有話本來說是小杭州

鮑公亭遺址 在張公堤颶山麓堤上向有張公堤三字碑今在悟空寺牆內

銘皖亭 在西城外馬路橋西吳家山麓舊名大士菴亭清光緒十一年重築故今名懷寧彭仁壽有碑記

高士湖 又名永安湖俗稱南北湖羣山環抱獨缺其南南為大海盡是鹽田湖分南北中有長堤俗名中湖塘並稱張公鮑公堤堤之東西各有一橋北湖毛塘為前明吳中偉司寇築光緒三年張銘齋先生于兩湖近堤處各開引湖將掘起之泥加闊堤身遍植楓楊光緒廿二年復由步鳳翔等發起借用統領丁彥兵工稍稍挖掘民國廿三年大旱朱新穀又挖深南北二

引湖獨恨淤淺易涸居民亦漸侵佔非全湖開濬不爲功民國二十四年里人吳俠虎於中湖塘茅塘等處種植白楊數百株湖亭諸田向稱膏腴今亦有十年九旱之患杭州朱采眞君來遊謂此湖可稱姊妹湖

烏龍井 在紫雲村旁有二小池俗名龍眼潭民國廿三年大旱不涸附近田皆豐收

董小宛葬花處 在求安湖雞籠山附近舊傳董小宛至此埋香故名

永安亭 在永安湖野鴨嶺海鹽朱贇卿築

載靑別墅 在萬蒼山麓民國五年海鹽朱贇卿築式參中西室頗精雅開湖上別業之先由山麓赴冉里堰之石板大路亦爲朱所甃旋病卒人多悼惜

迎鳳亭 在長河畔左對鳳凰山因名民國十六年陳培遠堂昆季光濟光鼎光泰光豫光咸光恆捐貲建並用豐山石鋪西門外過日暉橋至冉里堰石路

換紗嶺 在馬鞍山山北雪水港村向有棉紗莊遠近村民持棉紗往換棉花多經此因名

王家堰 在翠屏山北向稱聞家堰近代居民皆王姓遂改今名春時桃李最盛山多竹修篁萬竿翹然如無數鳳尾

五池潭 在翠屏山東麓池底有五潭水涸則見

節孝牌坊 在淡水橋爲張文淵妻萬氏

駐馬亭 在城北廟山麓旁有洗馬池張世楨題今名向稱井嶺亭井已廢欄猶存

慷慨橋 在淡水村附近相傳爲董小宛出身處冒辟疆避難馬鞍山或云因董故居在此故不爲無因

坟墓 附

元

主簿朱順墓　在陳灣山案順婺源人元貞間官嘉興路主簿占籍海鹽縣

明

吳氏祖墓　在南門外城河上向對城門明代自天台遷澉浦子孫貴盛數百年書香不絕

朱氏祖墓　在青山之麓朱氏明初自婺源遷澉浦族甚繁代有貴顯

御史許聞造墓　在鳳凰山

舉人錢與映墓　在北湖萬蒼山案映與嘉興縣人

處士徐文貴墓　在碧里山東

鄉賢徐淵墓　在冉里山西

鄉賢徐應奎墓　在大步山頂

湖廣兵備副使徐鷁墓　在碧里山東

贈兵部侍郎吳中任墓　在泊櫓山陰

兵部主事吳麟武墓　在鳳凰山

武昌參將忠烈公崔文榮墓　在豐山

右副都御史偏沅巡撫吳麟瑞墓　在泊櫓山陰

舉人吳晉晝墓　在泊櫓山西

百戶呂鳳墓　在南門外演武場側嘉靖中鳳與子爵禦倭寇同戰歿

錢汝霖墓　在徐灣大成山臥龍岡 案汝霖嘉興人

白氏坟　在北山脚　昭信公陳壹原籍溧陽明初從湯元帥和征雲南會州戰歿其子貴甫十齡于洪武十四年隨母白氏至徽遂家焉母卒葬此至今氏族繁衍相傳穴爲劉誠意伯所定

清

進士曹元芳墓　在大河堰 清康熙間葬此汪鈍翁琬撰碑記

禮部尚書許汝霖墓　在金竺大橋 案汝霖海寧人康熙壬戌進士

禮部尚書清恪公陳詵墓　在半潮山之陽 案詵海寧人康熙壬子舉人

文淵閣大學士文勤公陳世倌墓　在王家橋 案世倌海寧人康熙癸未翰林

通政使參議何元英墓　在五河涇 案元英秀水人順治乙未進士

贈中憲大夫錢標墓　在永安湖西北紫柏山 案標嘉興人

孝子吳玉章墓　在青山之陰 案玉章海寧人乾隆六年題旌內閣學士錢載撰墓誌

進士陳鶚墓　在北門外顧家園

吏部員外郎朱蘭馨墓　在木山東麓長水澗

御史馮浩墓　在邵灣山 案浩桐鄉人乾隆戊辰進士

侍讀學士四川學政支清彥墓　在陳灣山

內閣學士朱方增墓　在烏龍井

松滋縣知縣黃燮清墓　在九杞山之陽

舉人朱篆墓　在羅漢灣

仁懷縣知縣進士朱毓文墓　在西門外馬路橋河北

吏科給事中狀元朱昌頤墓　在邵灣山唐家浜南

處士方溶墓　在長牆山下方池漾口

處士高均儒墓　在轉水河山上案均儒閩人寄籍秀水崇祀鄉賢祠

舉人張鼎墓　在鷄籠山

太子少保兵部尚書忠愍公徐用儀墓　在邵灣山百部谷

朱文公祠　在陳灣打石山嘴

雙節祠　在北大街小寺街口一為陳德華妻林氏一為陳天祿妻吳氏已題旌張鼎雙節祠白牡丹詩富貴人間重冰霜此獨持長留清白節看到子孫時

寺廟附

武帝廟　燬于兵燹清同治三年張鼎集貲重建

考朱旦作關侯祖墓碑記侯祖石磐公諱審字問之漢和帝永元二年庚寅生家居解州常平村寶池里公冲穆好道以易春秋訓其子卒于桓帝永壽三年丁酉享年六十八子諱毅字道遠性至孝父歿廬墓三年既免喪于桓帝延熹三年庚子六月二十四日生侯侯長娶胡氏于靈帝光和元年戊午五月十三日生子平卒于獻帝建安二十四年己亥十二月初七日

張六五相公廟　燬于兵燹清同治三年張鼎集貲重建

福慶菴　清咸豐間燬于洪楊同治初僧王世緣重建民國十七年步幹丞集貲重修

延眞觀　清咸豐間燬于洪楊同治初僧王世緣重建

天妃宮　在南門內洪家街口清咸豐間燬于兵光緒初張本空重建

石三官廟　在轉水河山上清光緒八年建

禪悅寺　清咸豐間燬于兵同治七年僧才林募貲重建觀音殿及東西齋堂

廣福明王廟　清咸豐間燬于兵光緒八年僧才林募貲重建坐宮行宮兩殿

第六廟　在倉街內清光緒二十八年張氏募貲重建

永豐庵　燬于兵燹清光緒間重建

明珠庵　在官山南麓內供武帝祈籤靈驗

城隍廟　清光緒十五年步鳳翔集貲重建第一進樓房並戲臺左右廂房十間第二進正殿第三進樓房後連水閣左右兩廡西邊陰司街及客堂五間廚房三間柴房一間園房一間規製雄麗爲澉鎭諸刹之冠

東嶽廟　在北門大街同治八年道士李長庚積貲重建山門及正殿兩廡光緒間又建血河殿

珠管廟　在市鎭東同治七年張氏重建

惠泉寺　清光緒二十二年珊和尙積貲重建後進經樓其正殿被蟻蛀傾欹民國十一年里人集貲重建

紫雲庵　在紫雲村

雲岫庵　清咸豐間燬于兵僅存齋堂三間光緒元年王氏重建山門正殿十一年又重建藏經閣越十餘載而竣工（案節婦王復正袁花人也能知書年十九嫁于賈氏甫三年而夫卒遂棄俗居雲岫庵長齋綉佛募貲建復迄今殿閣煥然一新香火稱盛皆節婦一人之力也現年七十有五）

海門寺　清咸豐辛酉洪楊兵將燬之登屋有墜死者乃止同治間僧文秀積貲重修又建樓五間僧巽印積貲建海印山房正殿光緒間僧繼成裝四大金剛修葺大悲閣後廊（今大悲閣及樓五間均坍卸無存）

半潮庵　在秦駐山麓初馮皋謨爲居士張峰捨山建庵名積善僧廣賢廣怙重修朱元弼改今名

法雲寺（俗呼茅菴）　在秦駐山頂刀鎗庫之右明萬曆間僧靈修建後殿有欽賜陳氏心經碑

梵潮庵　宋元祐中僧秀如創建初名萬壽明永樂中僧慈照重建改今名嘉靖中僧廣馭重建萬曆三十七年重修崇禎中僧凝輝闢基重建佛殿山門（清康熙五年侍御金沙徐誥武有碑記）

𥗊王廟　清咸豐燬于洪楊同治中重建
白龍庵　在惹山西坳赤烏時練兵之地清宣統二年浙江巡撫增韞帶領兵隊來閱野操曾駐庵內
金王廟　清光緒初重建繼而火焚又重建
悟空寺　現僅存山門餘皆燬於洪楊
金粟寺　現僅存一山門一殿兩廡牆垣已多頽圮餘盡燬於洪楊
天后宮　在南門外總寨清同治間僧慶緣重修並重建望海樓
步臨湘侯祠　侯諱隲字子山三國時人初仕吳除海鹽長後封侯代陸遜爲丞相今歙多步姓皆公之後也民國六年步鳳翔爲公建祠于颺山巔不久毀于風雨廿四年春朱馨穀迎公像重建新祠于孫家堰而祀之

人物

沈孝徵字元萬明萬歷戊戌進士授工部主事董漕船清江行河高郵擢汝南道副使錄囚信陽有周某者奇其才釋使就試果登薦巨盜丁某爲窟室藏子女金帛無算殲之境以安創設長橋跨淮拯光州之病涉者忤上官告歸家居好客坐上恆滿信腕裁篇頃刻立就有元暢閣集若干卷

陳鷀字復心清乾隆壬戌進士歷任湖北大冶山東滕壽光知縣署靑州同知決疑獄若神滕有妄男子投書大吏及衍聖公詞多悖謾大吏命籍其家得其所擬封官爵簿鷀知其有風疾火之民免株累合境得安子玉垣字九閎乾隆辛卯順天舉人署湖南巴陵知縣改歸安教諭以經術訓士著有四餘堂課士贅言易解集翠軒詩集

朱毓文字鹿賓嘉慶庚辰進士授安徽舒城縣知縣抵任後首崇學校令諸生入署與之講學孜孜不倦民有訟訴委曲開導如家人語有兄弟爭地者伯年八十餘叔季亦六十餘矣羅跪廳事前毓文愀然曰我有兄早逝至今以爲憾爾兄弟皆高年爲人生不易得之樂乃手足自殘乎因泣下訟者亦泣

願棄地勿取乃慰遣之時禁民食鴉片周天爵任皖臬持法嚴峻檄下諸屬縣令境內有犯者悉誅之毓文獨曰近不申明此禁愚民無知多有犯者遽殺之不忍請出示諭民計日戒絕逾限者治如法大吏從其議全活甚衆潁亳之民素悍廬舒接壤匪徒出沒無常擒治稔惡者數人盜賊由是絕跡以父憂去官服闋授貴州仁懷縣知縣署安平縣事安平城西有巨澗民多棄屍其中歲久骸骨堆積悉檢埋之任仁懷時一日山水驟發壞民居數百家方食聞報投箸而起立往賑給災黎獲全年六十二辭官歸邑人請業者甚衆家居八年卒著有坦坦居詩文稿 以上俱見邑志

張鼎號銘齋咸豐辛亥舉人性純孝尚廉介聰明正直博通古今遇公益事慨然引為己任絕意仕進以經史子天文地理訓詁算學授徒教人以敦品力學一時士風因而振興子三樹藼邑庠生樹蕙邑廩生樹芸歲貢生 事詳傳

朱福詵號桂卿光緒庚辰進士授職編修歷任國子監司業翰林院侍講翰林院侍讀學士經筵講官壬辰會試同考官河南貴州學政以編書勞績得獎二品頂戴賞戴花翎授資政大夫晉榮祿大夫召見奏對稱旨蒙聖語學問很好著有論學述問復安室詩文集待梓

吳麟振字達生補博士弟子員浮沉數年非其好也於是棄章句肆力於書其為書妍麗端重有羲繇遺迹嘗言學書須戒跛偃欹斜流而為坡公元章父子不足取也立論如此嘗游金陵董宗伯其昌見其書歎莫能及素苦病年僅四十二卒里人私謚曰文隱先生祀鄉賢所著未晚莽詩及遺蹟在縑素者遠近爭珍重之

吳麟德字元聞郡庠生積學工詩著有纕蕙集嘗登釣臺有云東京二伯餘年事爭似先生一釣絲又云羊裘重釣亦男子肯與雲臺共畫圖為藝林所賞子爭貞亦工詩有偶村集

吳恹貽字汝休號半村畨昌次子性行高潔作詩瀟灑出塵尤工畫山水直入

元人之室人得其片楮皆寶藏之

吳毓璞字巨源增生父元震蚤亡事母以孝聞篤志好學湛深經術久困場屋益肆力詩古文辭諸經各有纂述而尤精研春秋爲胡文定功臣郡守袁公聘修府志及邑中公舉鄉飲俱辭不赴嘗自題座右云肯讓古人便是無志不讓今人便是無學可想見其立身行己焉

吳應和字子安國學生敦行力學善詩古文詞並精音韻之學所選何大復菁華錄及浙西六家詩草評論精當著有毛詩纂詁榕園詞韻榕園吟稿及文鈔

吳世堂字香杜諸生工詩近范石湖嘗赴院試値使者鉤校嚴厲世堂曰所貴乎士者謂其能崇廉恥也今乃不如徒隸乎遂投槧而出終不復試年八十餘卒著有香杜詩草

吳世培號棠園道光辛巳副貢由—武英殿校錄議敘授福建西河驛大使

革除陋規商旅便之調蓮河塲大使以年老解組歸杜門著書幾二十年詩宗歸愚謹嚴中不失性靈又工山水年過七十與里人朱毓文方溶楊逢南及其兄世堂等爲九老登高會每歲重九日一舉白髮婆娑談讌賦詩繪圖紀事九人迭爲賓主粵匪起相繼謝世無一罹兵禍者人以爲異答友人詢近況詩老境優游儘自堪一庭花擁一書龕健輸鶴步春遊倦懶學鷗眠晝夢酣無事縈心多逸興有人可語劇淸談閒來但看山如畫何暇拈毫寫翠嵐

楊逢南字子鶴性豪放好吟詩出遊淮海詩益工早喪妻不娶子亦卒年八十子然一老課蒙度日躬操井臼而吟詠益富有句云病借詩書爲藥石老栽花柳作妻孥聞者傷之著有香禪詩草

馬玉堂字笏齋道光辛巳副貢性躭書籍聞人有善本必展轉購錄度藏秘册甚多杜門讐校未嘗謁官府上元朱緒曾博學好古令嘉興時聞玉堂至郡城就訪於書肆劇談竟日人兩賢之後遭兵亂書籍散失著有讀書敏求續記十國春秋補傳餘多不傳

方溶字蓉浦歲貢生少精舉業屢試不售遂潛心經學熟悉輿圖所著禹貢分箋一書攷據精確疏解簡明當世推爲善本又著有澉水新誌十二卷積四十年心力裒輯成書頗稱詳備授於潛訓導未之官卒 以上見邑志

陳廷樞號蘭君廩貢生工詩著有生白齋吟稿

李承模字琴舫增貢生工詩文著有循方詩集六卷未付梓燬於兵燹

祝源字春渠例貢精醫道著有歌方集論及人身譜楞香詩集等書

沈德麟字鴻敷邑庠生性落拓不求聞達工詩著有環綠軒詩稿未付梓

朱嘉玉字子信國學生清咸豐辛酉殉難著有宜蘭室詩文稿載郡邑志入祀昭忠祠貤贈資政大夫茲附錄當時奏議如下禮部謹奏爲遵旨覆議具奏事前貴州學政朱福詵奏請將本身應得封典貤贈胞叔朱嘉玉並懇恩附祀本籍昭忠祠一摺於光緒三十一年九月二十日奏硃批禮部議奏欽此欽遵到部嗣經臣部會同吏部奏請准其貤封至附祀昭忠祠應俟該學臣

將海鹽縣志咨送到部後再行覈議十一月二十四日奏旨依議欽此茲據前學政朱福詵將志書送交前來臣等查該縣志稱監生朱嘉玉敦孝友工文章慷慨尚氣節咸豐辛酉粵匪陷海鹽後退踞嶼城鎮朱嘉玉率義民往攻賊壘不克而退次年冬賊陷澉城虜其兄嘉穀去嘉玉追及之請以身代情詞懇切賊釋其兄以嘉玉行路遇兄嘉穀子福詵福潛並爲賊所得嘉玉復請釋其兩姪賊不許遂共陷虜中至松江浦東會官兵攻浦東急賊夜遁嘉玉與二子相失不肯行語同虜者曰曩以二子相隨故緩死耳今復何所顧慮遂罵賊不屈死同虜者歸述其事猶爲流涕等語臣等證以該學臣原奏事屬相符查朱嘉玉以一介書生當海鹽賊陷時猶復糾率鄉民奮身國難洎身陷賊中時始則脫兄於危繼復隱忍以保全其兩姪暨兩姪逸去乃從容就義視死如歸洵屬忠義可風擬如該前學臣朱福詵所請准將監生朱嘉玉附祀海鹽昭忠祠以光幽潛而闡節義恭俟命下臣部行文該省遵

照辦理所有臣等遵議緣由理合專摺具陳伏乞皇上聖鑒謹奏請旨宣統三年二月初四日奏請奉旨依議欽此

吳春字蓉渠熙子嘉慶辛酉舉人性伉爽里中義舉如賑饑水利等事悉心經畫以爲衆勸居家教授生徒善於誘掖遊其門者輒獲售時人重之

康二老朴實如村農設酒肆於市數十年無疾言忤色母生時嘗畏雷母歿每雷聲作無論晝夜必冒雨詣墓雨霽乃歸年八十餘健步如少壯

楊德保兄弟三人德保居幼性愚笨聾以眛目之父年六十餘目痛失明德保日夕舐之不半年目竟復明

沈掌大少剛勇好飲善鬭灌園爲業辛酉二月洪楊陷縣城旋築壘於邑之歟城鎮責民貢獻將按戶搜括勢燄威逼無所逃命民憤甚掌大倡義擊敵號召數日聚衆數萬並乞澉浦汛官兵爲前鋒五月十三日把總陳長瑞率衆前進行抵勾滕橋距歟城不遠遇敵船開礮擊之殲其魁餘皆鳧水逸盡得

其船萬衆鼓噪進歟城敵驚惶欲遁已而嘉興援兵大至接仗失利陳長瑞被戕鄉民死者三百餘人掌大知事不濟率衆退回越數日敵赴澉大掠並索起義諸人掌大曰吾不出必累衆人從容就執過酒肆飲陽陽如平常抵歟城敵究問黨與掌大曰倡義者惟我一人何多問爲遂被害年六十一歲自是敵亦不敢搜括鄉戶實掌大一擊力也助掌大鳴鑼集衆者有庠生張鏡坊保郁老五事敗張鏡自縊郁老五亦被害

顧桂餘咸豐辛酉冬洪楊犯澉浦桂餘隨父走避倉猝相失途遇其戚挈之行不肯疑其父已被擄曰不見吾父何以生爲乃復突圍覘之洪軍欲虜以行不屈赴水死年十九歲

盧光錫號吟盧承辦同善堂事熱心公益增置田產性慷慨有求不吝重建鐙樓捐不足解囊金補之

夏雙慶耕種爲業性慷慨尙誼氣事詳夏義士傳

步鳳翔字瀛洲澂鎮人太學生才甚幹練勇於任事且好善平生修橋築路甚多

王以坤號吟臺清邑庠生思濬子事繼母曲盡孝謹又能友於異母弟承父業精岐黃術貧病求診不索償爲人和而不同有古君子風子乃賡號莘農入庠現亦精醫道行世

周楨號杏農集貲鋪築大十字街至北門錦繡橋石路又捐助輔善堂經費卒年七十八

宋肇基號心耕出資鋪築小街角至北門廣福橋石路又解囊金創設輔善堂清光緒三十二年奉旨建坊獎給急公好義匾額

陶溶號春樵清鄉飲介賓事親孝好施與捐資建造石鼓橋修築道路嘉慶己巳浙江學政劉鳳誥褒贈齒德兼尊匾額

徐榮勳北圍人早歲從戎旋隸國民革命軍第八十七師爲士兵一二八淞滬

戰役以奮勇衝鋒死焉由國民政府優予撫恤時論榮之

柏進謙清嘉慶時北圍人幼失怙恃從賣藝者遊略得少林術旋歸里時有道士苗六者固江湖之豪也棲於城北白龍菴柏師事之技乃大進家無恆產以保鏢謀衣食足跡遍大江南北名噪一時其所傳拳傷醫方至今猶存

朱馨穀孫瀆村人好談公益因以罄其產幼時不甚讀書又不習農商惟遇不平事輒義形於色非衣惡食備嘗困苦不少悔修橋築路奔走募款以一身任其難昂昂如也民二十四年夏因往滬募築路捐偶不慎喪身外人汽車下年六十餘矣綜其生平頗有足以風世者

張世楨號樹屏澹水人邑庠生辛亥之役贊襄朱將軍瑞戎幕旋被選爲衆議員善吟咏有古君子風晚年鄉居益好學見時事日非頗慨焉傷之然無如何也

吳以敬號惺仲少有異稟七歲語其弟侃叔曰人生如客耳吾聞食松柏可以

辟穀一日遁入山家中急索乃歸既讀程朱書有得呼其弟曰幾誤一生自是深自刻勵入邑庠爲弟子員年僅二十九而卒有匏齋詩文鈔

馮汝麟號趾祥家梅園橋少能文屢困秋試乃棄舉子業以國子生官廣西龍門巡檢縱游名山大川著有完璞堂吟稿音韵淸越蓋得於江山之助也

朱福祁號杏卿桂卿太史之兄也以文學任蕭山縣訓導歷署金華德淸縣學訓導著有天光雲影軒詩稿四卷

步淸瑞　後名同瑞號子符諸生居永安湖畔課徒自給品性敦篤人稱長者

吳氏　庠生程自康妻孝廉斯敏母年二十四而夫亡孝養孀姑割股療疾姑歿營喪葬盡禮撫子慈嚴並至——已題旌崇祀杭州吳山節孝祠載浙江通誌列女傳

陳氏　進士鶼女名玉徽適王煜年二十四而寡守柏舟節通經史工詩畫著有氷崖詩草哭母詩云薄命生辰寡且孤五年不聽母聲呼背人暗滴傷心淚偏見枝頭哺食烏

吳氏　程春宇妻年二十七夫卒家淸貧辮纑度日孝事翁姑撫蓄幼子苦心孤義守節歷三十餘寒暑至六十二歲而終已題旌

楊氏　周宗琪妻夫早故無嗣矢志淸潔績蔴餬口淸光緒乙未知縣何士循因公來澂訪聞之賞錢十千文並獎給貞壽之門四字匾額壽九十七而卒

王氏　朱子英妻嫁二載而夫卒生子五歲家貧如洗賴女功之所入撫養成立節凜氷霜志不可奪卒年六十五歲

朱氏　儒學徐延福妻副貢維堃之長女也于歸三載值洪楊擾境夫殉難生一女賴辮纑以備嫁具且爲夫營葬焉年六十八而卒已題旌

曹氏　海甯新倉曹某女其時有舟里山人沈仲箎捐職指省福建氏父某同省候補篤於鄉誼適兩家妻皆懷孕指腹訂婚後沈生男而曹生女遂以玉如意爲聘不多年曹氏父母相繼去世氏孤苦無依遂適沈氏爲童養媳時

年十四歲後翁授臺灣嘉義廳因公晉省遭海風船覆溺死其夫陰襲到閩候差一去不返杳如黃鶴斯時氏年僅十八矢志守寡事姑純孝凡寺院戲會之塲終身不涉足焉年九十六而卒

宋氏　雲程之長女幼嫻閨訓以孝聞年二十六適啇坊姜承望爲繼室前妻徐氏遺有一女撫之如已出夫卒氏欲以身殉親族救之始甦旣而遺女又不育以夫弟之子大銘爲嗣撫養成立氷霜節操勤儉終身年五十一卒於民國四年

顧烈婦　朱蘭洲妻淸咸豐辛酉洪楊擾境遇逼投河死

沈烈婦　淸府庠生張紹儀妻嫁二載夫病卒卽飲芙蓉膏以殉同日殮殯親族皆流涕焉沈德麟哭善妹殉節詩曰有妹有妹顏如玉嫁得張家本望族郎名紹儀字稷民飛聲庠序聲名卓犖案齊眉學孟光夫婦唱隨二年足那知郎忽抱沉疴藥物無靈醫手束黃金難買返魂香紅淚空彈杜鵑血寸心早已自安排不忍偷生歌黃鵠生生死死願相隨生則同衾死同穴拚將一死殉良人膏飲芙蓉命難續我驟見此心骨悲鼻酸腸斷雙淚垂吁嗟人生誰不死舍生取義爾能爲爾今雖死死猶生羞他怕死貪生輩澂山奇澂水清山水清奇鍾秀靈他年若得輶軒採彤史應留不朽名

陸義婦　朱益三妻夫歿氏年老將國坊住宅及水田四十二畝一并捐入第一初級小學校

耆壽附

王敬熙號惺菴淸貢生八十五歲　劉惠中年八十七歲
朱鴻號筱珊八十八　劉仁華年八十三歲
徐壽山八十歲　周關林年八十二歲
徐桂榮八十二歲　胡恩八十六歲
朱尙八十一歲　朱玉墀號柳塘上舍生八十四歲
步鳳翔號瀛洲上舍生八十一歲

壽母

顧氏　王香谷妻八十八歲　張氏　吳葵卿妻八十九歲

萬氏　吳亞蘇妻九十歲
周氏　畢少卿妻八十四歲
郭氏　朱尙妻八十三歲
吳氏　祝星齋妻八十八歲
董氏　李省之妻年八十歲
胡氏　沈金元妻年九十七歲
宋氏　陶森淵妻年八十一歲
祝氏　程稼雲妻年八十三歲
步氏　陳庚梅妻八十歲
朱氏　姚興成妻八十歲
顧氏　祝幼渠妻現年八十三歲

黃氏　郭綿妻九十四歲
吳氏　韓朗山妻八十七歲
李氏　朱柳塘妻八十五歲
朱氏　步瀛洲妻現年八十九歲
朱氏　盧雅農妻現年八十九歲
吳氏　李雨田妻現年八十歲
顧氏祝氏　李琴舫妻年皆八十四歲
萬氏　胡恩妻九十七歲
楊氏　周宗琪妻九十七歲
盧氏　謝穀人妻現年八十四歲

傳記

雲岫庵藏經閣記

邑令 李當泰

鹽邑代有名僧振法莊嚴法藏若金粟若海門今雖散逸一時妙麗可想見也自天眞化香楚石雲歸貝葉旃檀盡在爐煨荆棘中時則玉芝法聚建閣福業院請藏京師鹽始復有經藏此余至鹽之二年禱雨院中父老爲余數其事者若此也明年丁酉余行南境侍御許先生待余雲岫庵庵據山椒九折而上松篁四合禽鳥亂啼海日潮烟朝夕作供顧安所得藏經者而盡讀其書侍御謂余庵僧性靜已集檀信將走事京師矣余乃欣然寓書浪雪恩公而侍御亦復別爲介紹且要余捐俸助之明年經乃至又明年閣成又明年而浪雪來鹽禮經屬余紀事而去浪雪之言曰君知海門金粟乎昆弟五人萬軸疾書如一手然無可分別菩薩化身也勝壓五天諸龍迴繞而前爲宦者某見匱而攜其數

卷以去邑遂爭取相繼一空未幾邑困島夷某亦暴震以死吾法甚密吾道甚慈吾眾甚堅洗罪一方爲邑請命君能無一言詔來世乎余聞斯言愧父母於鹽爲鹽植福未盡也直書其事而碑之閣云

澉浦開浚河道修築堰閘記

張鼎

禾郡素稱澤國鹽邑居郡南地較高澉鎭又居邑南地尤高獨苦旱前人于鎭西北築六里堰東北築長川壩過上河水使不洩下河又于堰壩旁置閘時啓閉以備潦漲立法甚悉自河身淤高堰閘圮漏水瀉如建瓴夏秋之交旬日不雨田禾立槁同治甲子東南底定四方年穀順成獨澉地頻阽荒旱民供賦稅不給則棄本逐末流散四方壬申春學師陸公來澉閔其災重而糧不能免也日方今大憲軫念民生盍籲請開河於是里人王楨等議工役緩急僉謂濬鎭西永安湖以厚瀦其源使波及諸河此探本之務策之上也挑深最淤之新河城河長河堅築堰閘以杜漏卮此救急之術策之次也今籌費維艱姑先事其

急者遂籲請邑侯丁公白府尊許公籌開新城長三河修築堰閘許公檄下核工通稟十月中丞楊公閱塘過溦行二十餘里不見勺水田野蕭條蠹焉傷之准撥經費六千串許公因工鉅請益又增二千串飭邑侯沈公督紳民經理其事于十一月興工次年八月畢工凡開濬三河四千八百餘丈修築六里堰一座轉水河上下閘兩座養安閘一座諸河支浜民間自行疏濬惟永安湖未能施工然三河疏通堰閘堅閉蓄水增多舊時槁壤漸成稻田民懷生矣攷溦浦水利明洪武正統萬曆間三次奏請開濬見明史河渠志及郡邑志厥後屢有陳請輒不果民間率錢爬抉無補灌溉今中丞削平大難噓枯嫗瘠雖僻壤不使抱向隅之痛其上體　朝廷休養生息之意者甚大官斯邦者又仰承德意同心濟美挈焦原之民而登之衽席繼自今吾民服田力穡奉公上敦孝弟無輕去其鄉風俗將有日厚者豈第資生而已哉爰述顛末備載諸公姓名籍貫於後以志不忘紳民與事者亦附載焉工程並詳列左方俾來者有所攷巡撫

楊公名昌濬字石泉湖南湘鄉人知府許公名瑤光字雪門湖南善化人宗公名源瀚字湘文江蘇上元人知縣丁公名紹德字稼軒江蘇丹徒人沈公名寶恆字澄之江蘇吳縣人申公名祜字錫之漢軍正白旗人訓導陸公名同元字竹侯湖州歸安人紳民候選訓導王楨朱福準盧怡如候選兵部主事盧光錫候選從九品吳匡清舉人張鼎貢生祝源王敬熙生員朱俊陳沅祝培元陳灤姚興成周承烈武生湯其炳朱雲程張驥良國學生王廷松步維楨張壽康湯玉亭李斌吳俊盧燈如陳俊耆民劉心賢湯守明郭敏享王瀌粟王倫海同治十二年癸酉十二月里人張鼎記

計開工程

一新河自裘家壩沿塘至常川壩長一千七百十六丈（伊府志名溦浦上河見水利門白洋河條下云長二千二百二十五丈七尺今依部尺實量得此數）開挑面闊二丈五尺底闊二丈深三尺共用錢二千八十四千零

一城河周圍一千六百十五丈明續潊水志云周圍二千一百丈伊府志云周圍九里今實量得此數里法長五尺爲步三百六十步爲里實八里三百五十步開挑面闊四丈底闊三丈深三尺四寸又內城河自水關外新開河槽起至陳官橋南開挑一百三十四丈又疏理壅塞五百零三丈闊深不等共用錢三千七百二十二千零

一長河自日暉橋至六里堰長九百二十五丈伊府志名六里河見山川門今量得此數實五里五步開挑面闊自三丈四尺至一丈五尺不等底闊自一丈八尺至一丈五寸不等深自二尺至三尺不等共用錢八百五十四千零

一六里堰見伊府志水利門各堰閘壩類總管堂西築三和土自東而西長三丈深一丈一尺五寸闊一尺四寸瀛洞直西至大路築三和土長九尺闊一尺一寸深七尺瀛洞上靠北築三和土長九尺闊深同上蓋石上築三和土高一尺五寸長一丈闊一尺二寸總管堂後自瀛洞起東至堰身築三和土長四丈一尺闊一尺四寸深九尺堰東築三和土自西而東長一丈闊一尺二寸深七尺街東築三和土自北而南長三丈一尺闊一尺二寸深五尺五寸共用錢三百八十千零承辦工作傳順餘

一六里堰轉水河上閘見伊府志水利門各堰壩閘類閘南柱外築三和土長一丈六尺闊一尺五寸深五尺五寸閘北柱外築三和土長四丈闊一尺五寸深五尺閘北過東築三和土長一丈六尺闊一尺五寸深五尺五寸共用錢七十一千零承辦工作周坤和

一六里堰轉水河下閘見伊府志水利門各堰閘壩類閘南築三和土長一丈一尺闊一尺二寸深九尺閘北築三和土長一丈三尺闊一丈二寸深九尺閘北帮岸內築三和土長二丈闊一尺深五尺共用錢九十三千零承辦工作傳順餘

一常川壩養安閘舊名舖基閘常州壩見伊府志水利門各堰閘壩類新河堰條下此閘在壩西備洩新河潦漲舊志未載舊砌石塊傾圮今添石修築重做閘板共用錢四十千零

一工局雜項共用錢七百六十四千零

一諸河支浜民間自行疏濬計新河開出野雞浜石跳浜長生浜城河開出靑龍浜南浜北浜棗核橋浜木家橋浜張二堰浜盧家浜教場浜六里堰西浜凡十二處內新河長生浜係引明珠庵山水入新河衝盪鹹性舊道湮沒邑侯沈公捐廉倡復

一挑土均用方法估算凡土建方一丈深一尺爲一方方以下爲分釐毫絲忽法以底闊相併折半以深乘之又以長乘之得數假如挑河一段長十五丈面闊四丈底闊二丈五尺深三尺五寸計得一百七十方六分二釐五毫

一凡河底有中央凹兩邊高者以弦矢法算除虛土曳繩兩頭貼兩邊高處爲弦繩中央距凹處爲矢弦矢相併折半以矢乘之又以河長乘之得數假如挑河一段長十五丈弦長四丈矢深二寸應除虛土六方三釐

一土方丈量俱遵工部營造尺較裁尺短一寸部尺一方當裁尺七分二釐九毫裁尺一方當部尺一方三分七釐一毫三絲三忽有奇部尺一方工價約

二百文裁尺一方工價約二百八十文視工難易加減之

一農田車水大率以高三寸爲一犂俗呼一架畝法方五尺爲步二百四十步爲畝步積二十五尺畝積六千尺（民間步田橫行十五步縱行一百步爲一畝中水每步二尺縱橫相乘亦六千尺）以三寸乘畝積得十八方是每畝車水一架需十八方之水也此次奉撥經費八千串除收築堰閘費及雜費外計挑土三萬五千餘方澉地不通下河挑一方之土止增一方之水三河田畝開鑿漸多難以遍給惟堰閘堅築水無洩漏天時苟不久旱田禾便可濟用嗣後每遇豐稔之年鄉民宜量力疏濬庶幾已開者永無淤塞未開者逐漸深通

銘皖亭碑記

彭仁壽

光緒甲申秋法虜鴟張海疆不靖今中丞劉公爰檄諸將募勇成軍增防澉浦予於是秋九月募軍至壁壘方基會陰雨兼旬不得施畚築乃率隊權駐海門寺軍事之暇得與寺僧巽印上人討論此間山川險易上人因慨然曰鳳凰山

麓舊有茶亭爲往來行人憩息之所兵燹傾圮柱石僅存募建無由願懷莫釋余嘉其志存利濟非徒事外莊嚴者乃請於統帶親兵新前營總鎮銜劉君廷湘統帶護軍副營提督銜記名總鎮杜君春林統帶護軍右旗都閫府葉君章華與余各隨願力共襄善舉且存巽印志以利待人其有不足者由巽印募諸縉紳先生候選兵部主事盧君光錫候選訓導盧君怡如等以完之巽印爰請誌其端倪勒諸貞珉以垂久遠乃爲之記時在光緒十一年七月穀旦統帶親兵新後旗協鎮銜兩江遇缺儘先補用參府懷甯彭仁壽南軒氏撰於澂川軍次候選訓導蕭山沈祖煒敬書

募修舟里壩路文　吳麟瑞

語云一命之士苟存心於愛物於人必有所濟雖然豈必一命之士哉余謂善事時時在前善念人人具足目前方便利益無大無小無貧無富但見人苦厄生悲憫之心施人財物去吝惜之念則雖毫髮之善與丘山等所謂修行無過

于此愚俗易欺但以布施僧道修寺裝佛謂之善事不知僧道多不守戒律或爲酒肉之資是助惡也佛說四大皆空何取土木之形宮室之美以此爲善所謂愚人耳何如現前功德之切實而有據耶澂城自出西北兩門至舟里壩路狹不平兩天昏夜行者甚艱余頃歸來見積雨後人尤苦之謀之諸兄弟及親友之在坐者無不躍然以爲此路當修特未有倡之者耳卽令人步量之自西門過橋至壩上共一千一百三十餘丈北門外至日暉橋不與焉畧計數百金可了愚兄弟誼應倡首所不敢辭其鄉城富家士族之力可爲善者及附近居民商賈出入之必由此路者各量力捐助計日可成雖曰便人亦以自便有能生悲憫之心去吝惜之念者善根卽從此植何必持齋僧誦經而後爲修行哉先君嘗題壁上云方便事不可蹉過愚兄弟幸列衣冠不敢忘先人之一念

王節母事畧　沈德麟鴻猷

節母王氏蘇亭公之女吟臺公之妹也年十九而室于朱君子英事藁砧以敬

和築里以睦鄰里戚族翕然賢之嫁二年甫得子而夫以病卒節母號泣誓身殉兄泣謂之曰死殉事小撫孤事大汝死則遺孤何能存若敖之鬼不其餒乎節母于是愯愳涕泣不敢復言死時節母子清源纔五月而家又貧節母晝夜勤苦儲其婦功之所入撫其孤以至于壯而爲之受室而戚族間吉凶饋問之禮則又皆盡恩誼未嘗闕也無何舉二孫長五歲次一歲而乃媳沈氏又卒節母大慟于是復助其婦卵翼而教育之至于成立節母乃長齋綉佛不問家事享年六十五歲正宣統三年十月十三日而節母卒蓋含辛茹苦守節鞠孤者垂三四十年嗟乎節母之身死節母之心碎矣其外侄莘農以節母青年礪志撫二世之孤援植成家極人世之至酷而家貧不克請旌兢兢然懼遂湮沒欲得余文以傳之嗚呼余無文又乏盛名烏足以傳節母然闡幽揚微未始非後死之責焉爰筆其崖略以俟夫世之採風者

願地方善信共勉之也

甲申海防記

李延祉

甲申法夷犯順澉浦爲浙江要口劉仲良中丞秉璋派劉軍門廷湘管帶楚軍前營自省開差到澉度大教場開池築壘建立營盤駐紮其間繼乃復派馬朝選統領撫標護軍來澉自帶護軍親兵營駐醫靈院胡家品管帶護軍新前旗彭南軒管帶護軍新後旂同駐大教場茀孔善管帶護軍新左旂葉章華管帶護軍新右旂分駐天后宮側馮家舍基而澉浦水師營亦挑選精兵移紮天后宮海口未幾楚軍調往鎮海而補以杜軍門所帶之護軍副營各管帶均係中丞舊部營律嚴明駐澉經年軍民相安從不滋事而彭南軒更謙和卑抑衆所推服巡街總哨係劉軍門玉堂平髮逆時軍功卓著保至極品賞穿黃馬褂曾拔荐馬軍門後因粵匪平定歸農在籍聞馬軍門統帶防營特來澉幫辦派得是差官尊令肅故兵勇更不敢滋事明年和議成全行裁撤越十年爲甲午倭奴創亂朝鮮擾我陪京沿海各口又爲添兵防堵撫憲廖中丞壽豐復辦海防

遵照舊章於五月間派郭都戎榮桂率領楚軍護軍旗照例築壘駐紮馮家舍團基未幾調往獨山復派劉游戎百勝管帶撫標小隊旗胡都戎維貴管帶楚軍後營來澉協防由乍協楊副戎節制都司喻先發亦募楚軍寅字後旗駐紮郭營舊壘而楊副戎軍律未嚴且駐乍浦有鞭長莫及之虞於是中丞復派會辦海防事務丁碩浦都轉彥統領撫標護軍超果等營來澉駐紮劉營調往嘉郡胡營調往獨山護軍中營爲統領所親帶護軍正右旗爲寸參戎又新管帶副右旗爲張守戎德貴管帶超勇營爲李芸軒鎮戎世祥管帶相度地勢築營盤於大教場開池築壘一如舊制惟甲申年防營均係柴屋而今則建造瓦屋甲申年有行營帳具一到即可擇地駐紮而今則未備行帳初來時借廣廟宇騷擾地方爲稍異耳然澉乍距離百里尚需游擊之師特派張明府善友募帶護軍後營太湖水師游擊劉游戎繼良募帶護軍前營甫成軍即聞和議先行撤去而劉游戎帶有太湖精兵百名駐澉月餘亦復撤回適喻都戎有署提標

游擊之信所帶寅字後旂先由王千戎代帶遂改派劉游戎管帶一切營規大半照楚湘舊制凡兵勇出營須手持號籤限時回營復派巡哨沿街稽查滋事兵勇立予板責然各管帶雖曾在營略知營制而究未曾臨遇大敵且係徇私荐用與劉中丞所派各營官未免稍遜惟李芸軒總戎本係蔣果敏公舊部當年恢復浙東各城異常出力且曾隨張勤果公効力山東洵係百戰之師故一切軍制嚴明操演勤奮除上街買菜外概不入城閑游所謂虎帳談兵羊碑銘蹟吾於總戎有焉（時在淸光緒十年）

乙未海防記

李延祉

防澉諸營惟李芸軒總戎所帶超勇營確守營規從不出外滋事雖由軍律嚴明而招募時精於挑選凡游手好事之徒概不濫入故派作工程罔不勤奮逄三六九期操演鎗炮技藝亦甚精熟此外不能無餘議焉護軍中營左後兩哨最爲頑劣然左哨哨長尙係懼事之人每遇兵丁滋事不敢袒護而後哨羅姓

則寵任勇丁莽然自大若不知有法紀者五月初一日什長蔡某謀刼黄姓孥女設宴聯盟羅與首席酣飲過度竟至酩酊是日適派巡街有鄉愚不知讓道舉板亂擊旁人解勸輒亦毆及由東徂西轉入於南逢人亂擊受傷者不知凡幾而銀工嚴姓箴工張姓爲尤甚各店舖相率罷市羅始出城自折令箭誣稟統領丁彥駐防趙汎聞信後亦面謁統領稟訴一切頗遭訶責於是紳士聚議往訴縣侯雖有水師王君出爲轉圜而事已達縣徒茲多口初三日邑侯何公來澉勸諭開市即謁統領將情由反覆籌商而李總戎亦從旁代陳始得將羅斥革其隨同鬧事巡丁插耳箭以示衆其事遂寢惟統領約束中右兩營時有外來游勇留宿其中夜則越牆出外茲事而鄉間亦被竊日聞每有所遇輒似營勇裝束於是舉辦團練稟領官鎗自備刀叉周夜梭巡刁斗之聲不絕於耳始則附城一帶繼而四鄉繼而通元袁花茶院新倉各鎮無不皆練民團惟時天久亢旱河水甚淺耦耕南畝戽水維艱鄉民日既力作夜復巡查刻無休息咨怨迭興幸超勇營兵亦出四鄉代爲巡緝游勇聞而遠揚會統領自省言旋道經各鎮見插民團旗幟詢悉情由頗以自憾回營後亦嚴束兵丁遇有私自出營者無不嚴責兵丁亦漸知守法民始漸安夫統領曩曾備兵嘉湖理鹺江浙頗能上體國艱下恤民苦有上致下澤之懷此次統領防營不過徇用私親而私親又不能顧全統領仗勢作威茲生事端幸覺悟尚早嚴行懲辦而兵民終得相安無事云（時在清光緒廿一年）

夏義士傳

程煦元 韶唐

夫不登高山不知天之高也不臨深谿不知地之厚也不歷乎患難之時不知其人之節義也吾澉有夏義士者字雙慶清邑庠生尙忠之父家居南湖之夏家灣以煮海耕田爲業一尋常樸僿農人耳乃當咸豐辛酉洪楊擾海鹽時有張母挈其子避難來澉主其家義士與同朝夕若一家人然俄而匪至倉猝偕居民避之鷹窠頂時天雨大雪平地深三尺越日聞匪去衆皆下山而張母之

子素患跛疾不良于行又粒米不入口足不能前乃止焉義士遍訪不得泫然流涕曰見死不救非人道也况張母年邁僅此一子萬一事遭不測將奈之何我必覓得張子而後已踏雪彳亍至山巔見其僵臥雪中奄奄一息不絕如縷遂解衣衣之負而還家灌以熱湯圍以火爐始甦居數月張母病卒義士鬻鹽田數畝殯殮焉夫以外來疎逖之人而留宿之飲食之已爲常人所難能留宿之飲食之而又値亂離顛沛之秋則難之又難矣至于仗義毀家慷慨無吝色急人之急救人之難是賢士大夫所不肯爲者而獨能毅然爲之此其崇尚道誼激厲薄俗卽例以楊園之于鄔天則張鼎之于高均儒焉可也（天則與楊園善天則歿楊園不負所托經理鄔氏遺業高均儒避難來澂投親不遇轉叩張鼎門易衣供膳留宿多時遂訂交焉）然則義士之身縱沒而不存而義士之行實存而不沒惜乎僻處海隅採風未及再歷數十寒暑後世幾無復有知之者使予知之而不表之在義士雖無足重輕而返之吾心終戚戚有所不安爾予是以不自忖無文就平日所聞諸鄉老者述其崖畧而爲之傳

張母者子簡布衣之母而紹濂茂材之王母也布衣敦品績學擅疇人術博通內典並以金石學鳴於時茂材翩翩書記公卿倒屣先後爲李文忠及盛杏蓀宮保所激賞顯達後念義士急難之恩而其子孫之淸貧也時存卹其家自始至終無懈志聞者兩賢之

七圩潭記

馬文蔚　少廬

豐山之西秦谿之北有潭焉蓄水甚深大旱不涸環潭之四週者得七圩因以爲名也續圖經謂秦谿之水南匯以浦漾北匯以七圩潭潭水之源旣遠潭水之流益長東北通海鹽西北達歕城巨舟往來暢行無阻春夏之間夭桃夾岸弱柳盈隄綠樹扶疏碧波上下秋冬則菱花貼水蘆葉迎風牧笛聲淸漁歌響答此一境也綠潭南望則邵灣紫雲諸山若隱若見天將雨有雲氣出沒其間（鄉人謂兩山出雲則雨）而其東則秦駐山相傳始皇東游之所登也潭之西多邨落桑麻交錯雞犬相聞而余家在其中半耕半讀古俗猶存北有花園兩橋東西跨峙

隣近漁舟常出入於橋下結網捕魚翛然自得饒有武陵人風味此又一境也夜深月上印入潭心時與二三漁子放舟潭上淸風徐來水波不起或舉杯而邀月或臨流而賦詩未免有情誰能遣此蘇子曰凡物皆有可觀苟有可觀皆有可樂余以斯潭之可觀且可樂也因濡筆記之

張孝廉傳

吳俠虎

孝廉諱鼎字守彝號銘齋淸咸豐辛亥舉人父聲和公開設壽材舖貧苦者購材去聽其償否不索欠年復一年欠戶愈多乃悉焚券而歇業也無何孝廉生聰穎異常五歲至海門寺見額題卽識之喜讀書過目不忘旣而登賢書北上遇寇返逐絕意進取專肆力於古文經訓學問愈博品行益高咸豐辛酉粤匪陷嘉郡高伯平避難來澉投所親不納轉叩孝廉門雖素昧平生而授衣給膳且累月若自忘其在患難寒苦中者硤石蔣寅昉請就其家課諸子弟遺書預訂束脩一百金答曰生平處館未有過於五十金者準此爲式可矣必若所云

不敢聞命浙閩總督吳棠閱塘至澉慕孝廉名親自造訪一見器重中丞楊昌濬擬保舉孝廉方正固辭謙避其甯靜淡泊雖古賢士不是過也澉浦自紅羊刼後士人星散文風日墜孝廉乃招集弟子杜門教授遙主杭州東城講舍兼海甯龍山講舍山長衡文課士莫不愜心貴當遠近從學者類多掇科第以成名平時講學依據漢宋而不墨守舊文釋經引用訓詁而尤善通別解故無論是否受業門下咸奉爲經師人師著有四書說略讀易日記尚書釋疑禹貢地理舉要讀詩日記讀左隨筆音韻識略春秋戰國形勢敬業編銘齋雜著春暉樓詩集傳抄散佚未得裒集梓行其他著述悉采入浙江通志然孝廉之教學旣傳世而有餘而孝廉之功德尤沒世而不朽澉地高阜十年九旱孝廉關懷水利稟求中丞楊昌濬奏准發帑開浚新城長三河炎日之中躬自監視始終不懈工竣無虛糜餘款呈報入公宜乎邀當道之嘉獎而民生多利賴也他如修築六里堰瀛洞永安湖大閘新河普濟閘創建明珠庵閘蓄水救田與浚河

同功永久又豈徒品優學優而已哉虎生也晚以家君親炙孝廉稱述翔實謹以記之

藝文

文

瞽論 有引

吳麟瑞

麟瑞庸人也又年來有西河之疾弗克一官將老牖下何敢言天下事顧念通籍二十四年浮沉竊祿涓埃罔報茲蒲柳之質雖衰葵藿之心未死睹此時艱中懷鬱結幸今 聖主韜鐸求言大臣公忠謀國苟有裨於淵海都無擇於細流屢欲應 詔陳言竊見公車章滿不乏嘉猷盈庭莫辨且約略則意不伸冗長又恐踰式不揆愚陋著論一篇未免紛啓迂疏之譏略備已往得失之鑒庶幾高明採擇得達 宸聰或者宗社生靈萬一之幸篇以疾名署曰瞽論亦竊附矇史之意也遭逢不諱率臆忘言瑞死罪死罪江西按察使吳麟瑞書

今天下之患在虜與寇忠憤激烈之士動欲滅此而朝食然而中國之力既竭二者之患愈甚何哉殆未反其本也治病者問病之所繇生則可以知標本之所在始也病在於標法宜治標而勿傷其本迨病中於本必非治標者之可得而效也夫自○○○○而後秦晉之寇患始生將虜為本而寇為標乎非也祖宗以來儼然受我束縛不敢迕視我者而何以至是良繇邊臣撫之不善開釁積怨以至於此然其為病終在於標也至於流寇誰非赤子自禦虜之策失而專事用兵搜括征斂之令日下窮民無以聊生始於為盜卒之為寇居然若敵國焉今民之化而為寇者日多則竭力耕耨以供賦稅者將日少此病之在於本者不可不圖也譬虜之為患如正氣不足而邪氣乘之使其初能斟酌於標本之輕重病在皮膚腠理甚易而庸醫一事剋伐使病根漸入腠理又漸入腑臟乃至虜愈橫而寇愈多一身之元氣神氣俱耗憊不可支而始歎投劑之

難然而當事者猶未察於標本之辨何也今之議者動言滅虜虜可滅乎則至聖莫如二帝三王至強莫如秦皇漢武當先滅之矣霍去病云匈奴未滅何以家爲此欺武帝之言以徼寵耳如去病言終能滅虜否天不能有陽無陰地不能有中國而無夷狄雖有聖智在御之得其道耳天故生之而人將滅之乎所以六經不言治夷有柔遠人撫四夷之言無滅虜之說也蓋虜性雖殊其嗜欲所需必資於我如犬羊之待食於人我勢不能閉關以絕之則不得不善畜之藉彼爲外藩以安中國故曰天子有道守在四夷漢唐英主尙議和親 國朝御夷獨稱撫款豈非 二祖神武聲靈遠軼前代者乎或乃不察諱言撫款動引趙宋金繒爲鑒不知撫以用賞款以通市視爭獻納者何異天淵我雖廢撫款邊臣力不能制奴或陰約款以欺 朝廷苟安旦夕約敗則聽奴之闌入而奴始大爲吾患向使當事大臣能明告 皇上早布寬大之詔修撫賞之舊奴豈至此迨奴每入輒利日益驕横而撫款遂不可言誰之過歟且兵者將帥之

事今日討邊略於文臣而未聞實求將帥何也文臣之效既見於前矣誠得一二名將如宋之張韓劉岳近之戚大將軍輩未必不可以制虜而其始必繇當事推轂終亦仰文臣鼻息不肖者既以債帥得官不足道眞有勇略者又苦掣肘無繇以自見不獨此也即有大將之才非一手足之烈必先練有勇敢家丁數百人爲其爪牙腹心而後號令行於三軍乃得以指麾如意今 朝廷一切尙儉嗇將雖智勇非有三頭六臂猶然一匹夫耳以一匹夫寄命於千萬人之手而欲驅千萬人於死地其勢不能則有聽其譁譟刼略而莫之禁無足怪者如是而安所得將帥之力乎故愚竊謂國無良將雖得才如韓范爲督撫必無軍功將無親兵雖有勇如劉岳在師中終難敵愾以此而求制勝殆未易得也雖然愚之所深憂者終不在虜而在寇非欲舍虜而圖寇也正謂虜病在外寇病在內必病在內者稍緩而後病在外者可圖耳今之議寇者非勦則撫舍是無策竊以爲二者皆非也夫寇至數十萬人有死心兵即盛於賊心力且未必

一况寇不啻十倍於兵乎卽兵果衆矣強矣從來有流賊而無流兵彼隨地皆餉晝夜能行數百里官兵必裹糧而趨不數舍而息兵又畏賊如虎而所過殘暴倍甚於賊聞楚豫難民皆言寧遇賊毋遇兵如此尙望以勦賊乎此勦之説非也撫則無論賊不能從計近日之賊將不止百萬又安所得不竭之倉無人之國以豢養此百萬之虎狼乎是撫之説尤非也勦撫俱非則不得不議守而守非局處一城之內苟可以圖存而已者必於南直之鳳陽安慶湖廣之荆襄河南之開封等處各擇要害控以重兵專責之撫鎭分任之道將郡邑預爲偵探多方警備設疑扼要以拒之堅壁淸野以困之道將郡邑各自防守撫鎭重兵時相策應來不許戰去不必追總以賊不入境爲功地方失守爲罪　朝廷復申之以信賞必罰如是則處處有備節節有礙賊不得逞其剽略數年之後必將自盡不在旦夕計功今之長策無踰此者夫所謂重兵固不在多兵以萬計雖戰不足守則有餘然宜用土著斷不宜用客兵尤萬萬不宜用禁旅二者之害不待知者而知之也此計定而督師可以不設何也督師聯絡數省地勢遼遠兵機呼吸百變使撫鎭道將坐失可乘之機遠待督府之命不便一也計督師之設專以會勦耳必賊聚一處乃可環而攻之然猶不免連雞之勢刻期會無常俟其兵合賊去久矣會勦終爲非策不便二也以事體言之則十羊九牧頭上安頭無論撫軍失色大將無權而徒開御責之門終無奏功之日不便三也夫一人而坐制數省史册以來不少槪見以孔明之才身在西蜀不能遠控荆襄而必責今人以古人所難誰爲此謀者何其疎而闇於計邪夫督師罷則兵之冗者可汰而勦餉亦可以漸減愚請以本省應解之餉卽充本省勦寇之兵餉屬之撫軍需取旣易而以應解之額卽移他省代解又免差官所在驛騷不亦善乎然而今之本計尤在於民被寇害之民固可悲而被餉害之民尤可慮夫昔之加餉不過毫釐病民猶未甚也自練餉一加每省至數十萬於是地之所出不足以供上之所求雖遇水旱不少減窮民安所取辦於是賣廬舍

鬻妻子以繼之不則逃且死而已矣試觀數年以來積尸徧野流亡載道而追呼之聲不絶於耳於是奸民相聚揭竿而起者所在見告又駸駸爲流寇之漸矣嗟呼嗟呼向者加餉以滅虜虜未滅而寇生今重加餉以練兵兵未練而寇之生無已譬之服藥以攻毒毒之害猶在一節而藥之毒乃遍一身至是而天下事始不忍言矣此豈盡虜與寇之故乎抑謀 國者之罪乎夫兵以拙練爲名彼不拙者將盡可置之不練邪今所練之兵安在不識果遂能摧鋒陷陣一足以當百否若猶未也何苫而剷盡一身之元氣竭盡一身之膏血以殉此一節之病而大命隨之不亦可爲痛哭流涕也哉此愚所謂根本之憂不在虜而在寇治本之計不在寇而在民非迂也誠能既減勦餉又急罷練餉以與民休息而猶災荒之處必恤逃亡之稅悉蠲仍著爲招撫之令曰凡復業者俟其歸耕一二年後始徵舊額庶幾已逃者不終爲盜賊之歸而未去者猶知有故土之戀有人有土有財 國家之所得果孰多乎今 皇上無時不加意恤民亦未嘗不下令招撫然而既其文未既其實有司奉科催之令日嚴且迫雖欲不事敲扑有所不能有人於此朘其膚吸其髓而曰吾實憐汝其誰肯信是故災荒之處不恤則逃亡愈多逃亡之稅不蠲則里長大戶代受其累貧富俱盡而催科之法窮是愈困也亦有良民願受招撫者然足未入門而追呼之吏已至且奈何彼強悍者不甘老死他鄉則有爲流賊作嚮導耳故愚請爲之約言曰今日之計必使民不樂爲寇而後寇之勢日消寇之勢日消而後吾得專力以備虜蓋必臟腑之病日減然後腠理皮膚之患漸次可除此標本之說也且夫醫藥者所以治病也乃藥誤投而病愈甚則計惟暫息湯劑使眞氣漸復病乃可瘳奈何益以攻刼之藥自促其命乎或疑勦練二餉一旦減免其若軍興告匱乎是大不然當未設督師之前所費兵餉不多寇亦未若今日之甚自 朝廷亟欲蕩寇始大徵勦餉至特遣樞輔以督師年來所費金錢無算而寇禍滋烈不知此無算之金錢果盡費之軍前否乎而何以至此乎痛哉小民敲

骨剜肉以供之督師泥沙糞土而擲之奈何概置不問而遂以爲不可已也向者　皇上固有言曰暫累吾民一年煌煌　天語明知其爲民累而亟望事平以全　朝廷之大信今乃視爲一定之額將累民無已時而何以謝天下近雖有改練爲勦之　旨何莫非　朝廷之恩然　聖明猶以勦餉爲當罷況無故設練餉之名數不知幾倍於勦而可長此不思變計乎夫遼陽失事以來疆土日蹙遼餉日增是爲何故使主計者肯實覈其出入之數未必不寬然有餘且也以仁明恭儉之　主當損上益下之時即一切內供諸費稍可節省者猶當節省之以足國而惠民非惠民也是　皇上之自爲天下計也而亦公卿大臣之忠於爲國謀者也語曰鳥窮則啄獸窮則攫民窮則亂力之所不能供雖慈父不能強其子今海內未受兵而不至大亂者不過數省而已必欲盡驅之以從賊豈計之得乎近聞流寇所破郡縣往往開倉發粟濟飢窮民欣然從之危哉賊智尤自昔所無然則緩催科勤撫恤以收拾未散之人心未必非今日救時醫國者之第一方矣

窩之人兮誰與居招風月兮友琴書身如春蠶兮蠖蠖蘧蘧若是者以文采經世則不足以潔白自繕而有餘淵明有言我亦愛吾廬我非斯人之徒與而誰與

繭窩記

吳麟瑞

余宅西有爾生齋三楹故先人堂構移作書室志勿諼也右偏爲小室二廣各盈丈而方員異制員者規其頂上下純堊形類繭遂名繭窩窩前壘石爲山山下蓄水爲壑雨後石罅細流奔赴壑內淙淙作磵泉鳴山雜植松桂綠蕚梅紫竹之屬與英山諸峯參差相倚從月戶瞰之如鏡中影夕陰下簾明月入牖尤繽紛可愛也芳草盈砌文魴跳波庭除只尺翳然林水簡文之會心處不必遠信然室內設湘竹几石搨二榻橫古琴几上置古銅缾端溪石及道書數卷壁粘陽明天池石刻詩句與字皆飄飄有凌雲氣余日焚香掃地燕坐其中興至

則浪吟古詩一二篇聲竑然若出空谷此時不知身世爲何物放翁所謂身似蠶眠將作繭余老此繭中矣乃作歌曰蝸有角兮猶爭國兮不如繭之安宅兮鷦有棲兮猶爭枝兮不如繭之素絲兮

上

題慶緣和尚小照　徐用儀

慶緣和尚法字閒雲俗姓栢幼時披剃海門寺中年移錫天后宮海門寺僧代精醫理閒雲通內外醫學應手輒愈慕陽明先生講求良知時假因果以動人率多感化咸豐辛酉粵匪猝至閒雲靜坐誦經脅以兵及矻然不動羣賊驚散廟貌依然蓋由其心無罣礙故無有恐佈是眞能得禪定波羅密者光緒甲戌余讀禮家居偶一過焉見其古樸眞誠已得須陀洹果即其以醫濟世亦即金剛經所云菩薩爲利益一切衆生應如是布施之意也余故敬之重之因樂書數行以記其梗概云爾時光緒十三年丁亥冬日

題慶緣僧小照　張敬 子簡 常惺

佛法以慈悲爲本戒定爲先而梵網戒經謂看病爲第一福田尤慈心所切念者也澂水慶緣和尚精岐黃術治人身病說因果法治人心病念彌陀佛如阿伽陀藥統治自他身心無始以成一切諸病要皆無緣大慈同體大悲所流露迨寇至臨及不驚不佈非戒定相應者烏能強爲常惺於庚申歲避兵澂山曾與和尚暢譚佛理并爲寫照一幅今姚希石兄持照來滬付裝潢又將摹照壽諸貞珉一瞬卅年和尚安在再閱卅年常惺安在不變隨緣隨緣不變請證諸明眼者光緒庚寅小春初八夕識於申北鄦寓

祭徐尚書筱雲文　朱福詵 桂卿

嗚呼公之死節重于泰山既蒙　朝旨昭雪士大夫聞之涕洟海內識與不識莫不同聲悼惜及靈轝南旋自京師以至鄉里沿途設祭中外人觀者咸太息泣下何其忠義之氣深入人心如是之甚也生榮死哀在公宜可以無憾然公出處語默之大節所謂君子之道焉可亡也者惟福詵知之最深蓋有他人所

不能言者在詵烏可以無言乎當甲午東事之起公在樞府時主戰議者蠭起率皆集矢于濟盦公獨持平言者遂並及公一日公謂詵曰歷觀前史凡主和之臣皆爲人所指摘然當日時勢固有不得不爾者詵因舉開禧之事爲言謂邪臣誤國主戰之禍更烈于主和公深韙詵言其後公既謝樞府譯署之事則謂深荷　聖恩保全而以得釋仔肩爲幸詵嘗從容諷公以乞身而退公瞿然曰此時去國有類于悻悻者之所爲人其謂我何仍綜核部務不敢稍自暇逸戊戌之夏新進小臣紛更亂政公深憂之迨被命重入譯署遂由總憲陟大司馬公庽書于詵曰受恩愈重報稱愈難而深慮時事之不可爲葢公自入譯署事悉由公主持及許袁二公之入公頗引以自助思與諸公竭力補苴以振興國勢上釋　宮廷宵旰之憂然後退修初服知公之去志固未嘗一日忘也嗚呼豈謂其遽及于禍哉方拳匪肇事有同鄉朝官自京來汴梁者述公于召對時三次廷爭言甚切至並云甲午之役中國尚不能勝一日本今以一服八庸

有冀乎詵聞而爲公危之及聯軍深入公言悉驗私意首事諸臣必有悔禍之心仍當任公以維持危局而許袁二公之禍作矣猶冀公稍委它其間或尚可自全乃聞公卒持初議侃侃不撓且力稱許袁之寃不置以至俱入禍門嗚呼何其烈歟公平居厚重寡言入直樞廷益懍溫室之戒獨以此事係國安危不惜出死力以爭之嚴氣正性覆折而已嗚呼所謂彼一時此一時者非歟先是公葬祖時嘗得夢兆謂與吳貞肅公葬父之地同符使當時用貞肅之言則明社不屋使用公之言則拳匪之禍不作而橫流之禍不深謀適不用徒令以死報國也嗚呼豈非天哉抑公在譯署遇事無稍依違嘗與法使議不合厲聲斥之近人謂自文文忠公後無與洋人爭者是非之不明議論之不公乃今首禍諸臣一旦鹵莽滅裂至于如此嗚呼使公之心事不大白于天下則國是無由明而公亦不無遺憾焉用敢揭而出之以質公之靈公其鑒諸嗚呼哀哉伏維尚饗姻世姪朱福詵拜

澉山檢書圖記

錢泰吉 警石

數百年來三吳藏書之家名聞天下者相接踵然奉其先人遺籍藏之墓廬歲時往省整齊排比以寄其僾然愾然之思前此未有聞也今乃於海昌蔣生寅昉見之以視李公擇藏書於五老峰之僧舍其用意猶深遠矣寅昉大父淳村翁墓在海鹽縣澉上雞籠山之麓丙舍軒敞面永安湖與我家湖天海月樓相峙也淳村翁延名師講善本書以教其子潞英霽峰潞英霽峰兄弟皆喜讀書又廣購之四部略備三十年前余屢至霽峰之齋見其插架皆有用之書與之談論辨別精審余不逮也寅昉少孤賢母教之稍長即知寶護遺籍籤帙標題謹守弗失今藏之丙舍者皆祖父之遺也記所謂思其志意思其所樂思其所嗜孰有大於此者乎錢塘戴醇士侍郎聞而稱善爲寫澉山檢書圖而屬余記之余嘗省先人之墓至澉上暇日登鷹窠山觀明季釋氏藏經於雲岫庵輒歎茲山峭舉豈異積書之嚴而吾儒力弱不敵緇流徒使羽陵宛委之勝結想於

虛無杳渺之鄉山靈有知當亦騰笑今寅昉所藏非以誇卷帙之富也然自是勝侶來游若楊廉夫孫太初之屬吾知必造其廬請觀古籍以擴聞見而後之誌澉水者當備列其事爲茲山增色也抑余更有爲寅昉進者夫父歿而不能讀父之書不忍讀也不忍讀者乃其能讀者也予及見蔣氏四世矣敦厚之風未有改也寅昉事事以先人爲法乃其能讀父書者也士君子觀於此圖而知其善承志意者又豈獨檢書一端也哉

香禪詩草序

吳春 眷渠

楊君子鶴工於詩嘗謂予曰吾生平無他好詩之外若花若酒若棋均有不能去諸懷者予應之曰是則君詩之工未始非三者有以資之也凡人之情不能無所屬惟役志於利祿則如癡蠅投紙窗鮎魚上竹竿入乎此則卒不能出乎彼因以喪其所自得若夫名葩以引詩之趣佳釀以助詩之興而流連方局時則探虎穴時則劃鴻溝無非有以盡詩之奇而窮其變竊踪君所歷而計之方

其少涉淮海驅車齊魯間裘馬輕狂詞場跌宕其懷古思鄉率皆一往情深芊綿綺麗之什洎乎所之既倦杜門却軌一堂之內雍雍怡怡甥舅對分韻以昆弟爲友朋斯亦極天倫之至樂已故其詩志和音雅駸駸乎入韋孟之室無如兩才弟相繼云徂無復曩時倡和之歡而浮雲變幻侘傺無聊故所作亦刊盡浮華一歸眞摯讀君詩卽可覘君遇而要唯所好之皆足資乎詩故至此不然彼芸窗諷誦卽志在干祿一朝得志馳驅鞅掌抗塵容而走俗狀曾不得片刻閒詎復知此事酸鹹有愈造而愈進者乎辛卯秋曾假君稿而讀之見存者尚多今特汰去其三之一少陵云老去漸於詩律細昌黎云其用功深者其收名也遠請以質之世之讀君詩者其以予言爲然耶否耶時在道光丁酉四月

又　朱馨元

梅花微雪枯樹交枝寒鵲曉風幽禽互唱玲瓏紙閣輪石建之藏春蕭瑟松臺學赦王之避債解貂兒酒送雁揮琴研脂點九九之圖掃石坐三三之徑苟無

勝友難破牢愁吾友楊君子鶴谷水胎仙宏農華裔荀家則兄弟八龍薛氏則兒郎三鳳高車問字爭傳太元之經蓬海浮槎曾挾計然之策偶買舟而訪戴爰解榻以留徐咳吐明珠性情芳蕙紅牋闘韻衡才則久服謫仙綠酒圍爐賭酒則新推大戶乃出其香禪詩草見示旨趣陶王風華范陸漢柏梁七言上座重席能兼劉文房五字長城偏師直搗沈沈靈璅寥芳草之幽馨落落古懷唱白雲之絕調若乃養性斗室習靜蕭齋瓦罐穿心藜床折脚卯飲澆書之候午眠攤飯之餘皎皎秋盈蛩蟬答響蓬蓬春遠花絮傳神或擊缶而歌呼或倚笻而盤辟幽趣既得孤吟自佳至於古驛天寒大江日暮雞聲店曉人語潮生讀杜少陵詩一生作客玩謝靈運集大半游仙神洞探花鷺鶴肖其標格雲臺禮佛烟霞養其靈明固已水郭山村爭傳杜牧雪車冰柱徧誦劉叉矣况復東園載酒北海留賓娛琴書於杞菊庭中略同皮陸會羣屐於茱萸溪上不減王裴夫何而落月屋梁暮雲江渚側身遠望張衡四愁之章結髮生離蘇武五言之

贍哀弦激發百感蒼涼夫規矩方圓般倕不廢宮商律呂伶曠必諧劉舍人之明詩先崇程器鍾記室之定品首尙窮源君研慮雞窗希聲牛尾媧笙妃瑟戛擊元音蚤雁新鶯掃除俗籟寶鼎靈臺之曲繡褕款段之歌和風布而陰葩舒高唫遏而飛仙墮自宜王盧前後邁譽盈川吳楚東西追芳老鉠也今則西堂宴罷南浦愁深攄我離懷弁諸華集從此詩盟永訂記四十四日琴樽倘教幽夢來尋聽九十九峰風雨時在道光辛巳十二月由拳弟朱馨元拜稿

詩

登秦望山吊秦王　獨孤及

北登渤海島回首秦東門誰尸造化功鑿此混沌源澒洞吞百谷周流無四垠廓落混茫際望見天地根白日自中吐扶桑如可捫超遙蓬萊峰想見金臺存秦王昔至此登臨冀飛翻揚旌百神會望石羣山崩徐福竟何成羨門徒空言惟見石橋足千年潮水痕

登秦望山　薛據

南登秦望山極目大海空朝陽半蕩漾晃朗天水紅谿壑爭噴薄江湖近交通而多漁商客不悟歲月窮振緡迎早潮揖棹候長風予本萍泛者乘流任西東茫茫天際帆棲泊何時同將尋會稽迹從此訪任公

中秋泛高士湖　孫一元

太白山人湖上游開樽明月坐高秋銀河倒掛星垂地玉笛橫秋海逆流萬頃寒光生皓魄羣公幽興屬滄洲兩朝烟草萋萋綠閒殺汀蘋對渚鷗

會祝孝廉淵葬鷄籠山雪阻二首　張履祥 楊園

一邱封作孝廉墓風物千秋懷古情多愧故人貧病迫驅馳氷雪獨陳兄自注時余以無舟遲行三日吳仲木臥病澂湖發引時惟陳乾初父子上下山坂十餘里

師門問學吾徒共七尺全歸志獨深猶憶姑蘇終夜雪相期不屈季通心自注先師書云世人以七尺爲性命吾人以性命爲七尺孝廉志之不忘崇楨癸未孝廉被逮余送之吳門時亦大雪○案師門謂劉念臺宗周也

送崔孝子南海尋母　徐大章天台人

崔生秦川來面有憂戚委問生何所爲念母無已時母今在何方聞在南海涯涉川水有波涉山路多歧區區寸草心不敢辭險危曉發犯霜露夕息夢慈帷去去千萬里悵悵將何之白日行中天寧不照所私願言崇令德遠大以爲期

又　胡虛白奎

秦川有慈烏故巢遺一雛烏飛南海去孤雛繞樹鳴烏烏烏向何處萬里同天不同樹雛今日夜思反哺夢中曾識瓊州路願烏來巢庭樹枝驟雨顛風終不移崔孝子名永號彥齡幼孤其嫁母從後夫適海南彥齡誓必見母徒步次瓊州遇焉會後夫死力請歸所司不許慟哭奔京師請於朝許之無何偕母歸舟遭風入水負母得免彥齡以感寒疾客死江西藩司茹大素葬之而歸其母

錢墓松歌　呂留良

湖南湖北好松樹紫海迴風在錢墓錢墓之松何最奇西磵童童當古路雲車團蓋頂已平重樓突起青嵐驚九天咳唾綠珠墮金莖仙掌雲中擎東方庋蛟潛出壑半截粗鱗雙鐵角便旋斜向澗西來爪牙未接氣先攫蒼髭晝舞黃狸號蠻童放犢啼且逃寒肌粟粒毛髮勁我亦拖杖求其曹牆陰又見雙松立一倚樓西一樓北巖囚穴械積雪埋誰放怪松如許直周遭流亞數百本感激昂頭盡修飭微飇細語天宇空回顧前坡戲塵失正氣長爭日月光奇材飽得冰霜力羣松羅侍老松尊大松如友小兒孫陰雍毒瘴不敢入窮崖自閉蒼瑲根松乎松乎莫浪語明堂太室重建竪棟欒栭桷檐楹柱大匠眈眈横睨汝紫雲宋松圍一丈萬蒼明松八尺餘所爭二尺頗不足主人疑彼年歲虛我謂主人勿復疑今古豈爭尺寸殊紫雲未必五百壽固當係之在德祐萬蒼不止三百多祇合題名洪武後其中雖有數十年天荒地塌非人間君不見三代不復千重載漢高唐太猶虛懸不妨架漏如許日何況短景　天除却戊年與未月宋松明松正相接寄語新松莫痴絕偷得春尖總無涉

遊青山石壁

湖中氣候殊北陸疑朱夏未許吹律回先遣凝陰謝幽尋歷窅冥及此翰墨暇振衣杉柏香杜杖冰雪跨期我采藥徒青山斷壁下盪胸橫大海吞吐發狂詫詎聞陽侯怒但令河伯嚇浪嚙嶼脚懸兩灑崖腹罅巨石黿鼉游細石龍子化稜角舊磨礱皺理新坼亞潮退汐未來沙日光相射仙人何逍遙金銀作精舍戀彼孤島春不知天地夜我欲翻海水東向方壺瀉爾居何足安問此好樓榭日莫指虛無松風起悲咤

湖塘

浪蝕長堤碎石黃乘風疑過亂礁洋可憐玉女雲車遠不管仙人鐵遂涼野鴨消寒蒲荻暖天鵝歸老莩薺香乾坤未洗今何日莫誤題詩報艸堂

湖田行頌韓邑侯 有序　吳懋政

澉浦有永安湖旁有民田八千畝賴張老人閘以減水孫家堰以堰水乾隆二十四年海昌陳氏惑于風水將閘堰互易改築以致頻年患旱民訟之官案久不結三十四年知縣韓本晉知府李允升杭嘉湖道盛武立勘詳重復古堰

永安湖水三百八十頃灌田八千三百畝有奇高高下下三村十六堡周流七十二港通透迤就中西北第一支直下趨若駿馬馳一丸之泥塞其吭逆流始達東南陲誰歟好事者決土用木爲形家吉凶莫須有農事豐歉端可知此湖本是無源水晝夜那堪流不止湖田自古皆有年連歲荒飢從此始耕耘三伏好時節河底揚塵田涸轍訴向豪門總不聞大家相看眼流血眼中血淚有幾何沾濡難救青青禾憶昔湖邊風景好桔槔聲裏聞農歌嗟哉蚩蚩甿敢與豪門忤明知壓卵危且免枯魚苦一時衆志忽成城接踵駢肩爭擔土五陵公子怒如虎爾不見華表高墳相公府相公墓旁水法宜長流爾曹抵勢敢輕堵嗟哉蚩蚩氓屏氣不敢吐環叩使君求作主使君一言利斯溥田畝攸關宜復古志書尚有鉛槧存谿建空將刀筆舞萬家擊額共騰驩使君雙手能迴瀾不爲

藺絲爲保障前有李公後有韓吁嘻兮高岸深谷有時變我侯鐵案終不刊（註李公謂李惟幾宋嘉祐中爲海鹽令始作孫家堰）

上韓明府並送行（爲復孫家堰事） 吳熙

昊天子天子天子子萬方一夫無不獲四海其平康嗚呼百年來閭澤何濊汪
豪右盡歛跡碩彥爭騰驤一時賢有司報最都循良恭惟我韓侯聲華重圭璋
仰體痌瘝懷作牧來江鄉治績邁等倫鑫管詎能量不辭掛一漏願將仁風揚
澂浦蕞爾邑人烟莽蒼涼置鎮肇宋元迄明制更詳洪武實經野增埤兼浚隍
稍稍成聚落安堵無流亡厥土多斥鹵厥賦雜農商厥田但中下厥業惟耕桑
遠近十萬家生齒漸蕃昌顧惟窮僻地局蹙域井疆高阜絕下流不流通舟航
掘濠不及遠灌溉安可常地利無憑依況堪恆雨暘惟西永安湖宛在水中央
泂泂兩銀盤水發亦汪洋其利足菱芡其產足鰷鱨其稅視民田分派輸神倉
三千七百畝其深可褰裳炎天蘊隆劇土塊堅於鋼連村竄郊原兒女逐爺娘
砰碕翻桔槔汲水紛搶攘自湖達溝渠分流給栽秧洩患蟻穴潰蓄較蹄涔強
挹彼涓滴波珍逾甘露漿憶昔宋嘉祐李令號慈祥下車度流泉涯涘窮徜徉
直視西北流謂宜增隄防就下易潰決勢不容濫觴一勺涸可待何況流湯湯
西置孫家堰經營備親嘗東設張老閘導流繞女墻匪翅啓閉便兼息泛溢狂
沔彼小西湖湖水湧浪浪東南環大海萬里通帆檣秦駐對泊櫓兩山屹相望
週遮闤沃野綺錯屬村莊春夏割麰麥秋冬收稻粱生聚六百年旱潦不能戕
一蓄與一洩定制載縹緗披讀常董志明德烏可忘我朝文勤公經綸資勛勷
下以活編氓上以輔聖王帝念股肱勞恩榮無頡頏歸葬太夫人及身謀之臧
宅兆卜茲土面水背崇崗高墳繚周垣左右森松篁彈指不數年旋遭元老喪
巍巍峙兩塋規模逈堂皇綸綍煥天題碑版燦琳瑯華表插雲霓石虎儼分行
突兀鎮平原四顧浩蒼茫原公匪躬意盡瘁猶不遑生死邀隆恩寵至加悚惶
磊落大臣胸日月爭光芒不屑計身家矧乃惑陰陽但取不食地安厝欲其藏

平生謹慤風史册流芬芳豈知狐鼠輩憑依赫奕光瑣瑣姻婭餘自誇王謝郎公然涉吾地豪橫莫敢亢輿臺假其威吐氣如虎狼挽水決諸西鬨堰互更張陂池所灌注一朝絕其吭笑謂里中人勿效當車螳往愬逢彼怒驚傳走且僵遂令萬頃田空長稗與稂當今盛明世協和邁陶唐世祿克由禮愓息遵紀綱詎乏高明家豈類汝猖狂直以天鑑遠僻壤容跳梁顧天天不聞呑聲淚盈眶泉脈既斷絕時雨不足償不見青青苗但見塵埃黃湖中何所有衰草間枯楊湖上何所有樵牧喧迴塘農夫懸其耜蠶婦休提筐無知羨萇楚鮮飽悲牂羊非不豐妻孥莫救眼前瘡朝採油灼灼暮採豬殃殃草根雜樹皮舂榆充餱糧連年菜色民貪咽糟與糠君看輸官無安問盈倉箱乾隆戊子秋黔首愈徬徨萬死求一生哀怨迫中腸痛極各奮身老稚勉扶將詢謀惟僉同荷畚負橐囊東西仍舊貫通塞兩不妨相慶受厥明從此樂穰穰衆心凜餘悸匍匐伏公堂稟侯侯曰可復古職所當爾曹其無恐善策本救荒士民氣百倍歡聲騰兩廊

詎料狡獪徒刀筆鼓如簧舞文改邑志罔上侮王章官府那在眼妄將帑建搪坐以大罪名文致思中傷哀哉蓏屋民何路叩穹蒼挾勢陷無辜覆盆何由彰惟侯燭其隱疾惡如探湯英敏折強禦不柔亦不剛若輩心膽寒喪精走踉蹌大澤在生民厥功誠煒煌爲侯歌樂只聽者俱激昂瀕海百萬戶戶戶懷甘棠胡爲拂衣去飄飄倣行裝侯非百里才暫蹶終高翔衣冠惜侯去奔走傾黨庠市井惜侯去問訊塞兩坊父老望侯來祈請日焚香兒童望侯來竹馬待路旁侯來一何暮侯去一何忙潵之山峨峨潵之水洋洋侯德孰與偕山高而水長

太守來頌李郡尊（爲復孫家堰事）

陰風颯颯起叢薄猛虎晝行鬼夜哭山村十家九空屋太守來車轣轆猛虎走向林間伏太守奉上命來撫我百姓汝何者物而來作橫我有太守眞仁聖強弓毒矢請聽令猛虎搖尾空乞憐杲杲烈日中天懸

獨桑鼓　董潮

茶院金粟寺有獨桑鼓高三尺圍一丈一尺六寸獨木所成相傳孫權時所遺董東亭庶常嘗賦長歌云野風吹沙黯古佛碧眼胡僧趺門闑殿前巨鼓指向余云是東吳戰場物積環成瑕老桑裂瑶光之皮色如漆端廣六尺高踰尋其中穹者三之一炎精喪亂兵戈瘢使君與操俱英雄紫髯孝廉更娬媚坐擁先業開江東阿瑔既破荆門空八十萬衆殊洶洶周郎談笑魯公怒一鼓作氣排蒙衝舳艫連江水欲立旗幟捲火天爲紅老瞞喪膽走辟易月明烏鵲飛無踪長江從此定天塹此時此鼓聲鼚鼚丸州作渚太平始不道吳衰在庚子匹練朝看熒惑飛火光暮見龍驤指將軍兵敗丞相亡牛渚西風鼓聲死青蓋倉黃入洛陽素車懵淡臨江涘鐘簴已徙美人空此鼓蒼涼開朝市千年萬物留塵圾黴血斕斑土花澀縱橫灰蹟竄飢鼯狼藉泥踪集鳴鴿當時哮闞生兕鼕此日蕭閒伴袈衲長明燈暗梵香清守護猶疑鬼神入夜深風雨驟戈矛百萬精靈鼓中泣洛西銅狄埋榛叢陳君石鼓蒼苔封古來重器歷兵燹剝蝕不與當時同蟬人制作幸未朽直今霸業垂無窮摩挱更憶赤烏事老僧又打齋時鐘

訪隱居邵灣山邱參軍上儀二首　吳謙牧 裒仲

將軍寂寞老平原心事逢人未肯論細柳旌旗空故壘青門風雨自荒園沉淪更見英雄志慷慨難忘故國恩却笑衣冠風節盡惟君松柏節猶存

幽棲此地足留君長往由來未可羣磨劍峰前橫落日大旗山外起秋雲間門樹影臨溪靜谷口松聲夾路聞不向深林重射虎灞陵猶識故將軍

秋日過望湖橋 在吳王廟前

二水清光夢未遙相思頻上望湖橋扁舟幾夜虛秋月高閣何人倚碧簫瀚海風烟空攘攘滄洲蘆葦自蕭蕭白鷗黃鵠相期處欲洗機心待爾招

懷南湖呈吳耘廬舅氏　許栽 敬堂

南湖南岸南山下雞犬桑麻數十家疇昔經過隨杖履至今魂夢繞烟霞杏花紅處漁舟出楊柳青邊酒幔斜何日結廬淸澗曲農耕相與足生涯

九月六日集觀妙軒運吳匏齋舅氏不至

金風吹綻菊花團預博龍山落帽歡谷口白雲間不出一鉤新月雁聲寒

登海門寺佛閣　陳阿寶

岧嶢傑閣鎮招提乘興登臨望不迷檻外寒潮終古白江南秋色萬峯低半空鈴語風生塔隔浦僧歸月滿溪我欲凌晨觀海日清宵不寐聽荒鷄

自西邵灣山歸宿金牛庵　吳應和

貪看山色易斜暉遠宿禪房隔翠微人語溪橋沽酒轉犬迎松徑擔樵歸流泉濯足還牽夢涼月窺林忽滿衣珍重老僧勤問候一燈炊黍未扃扉

澉浦上巳　馬國偉 愚庵

連村花氣弄餘馨選勝東來認舊經水抱孤城山抱水風光應不減蘭亭

永安湖雜詠二首　馬用俊 少白

囘巒叠嶂互高低澗水奔流閘口西賸得城闉殘照影梳妝樓畔暮鴉啼

九杞山下菊松存修竹紅林認許村勝跡荒來滋蔓草風流何處問黃門

醫靈院雙魚仙跡 事見新誌　吳本佺 萊峰

何年羽扇渡江鄉廟貌千秋奠海邦神火丹泉施惠渥更將魚影祝豐穰疑無還有孰推原賴有名家畫筆存吳東發繪圖 髮繡觀音在禪悅寺 文敏字在金粟寺 他年古蹟好同論

丁未重九偕家兄容浦訪吳香杜棠園二先生於爽山樓至巽峰閣登高歸途口占　方濤

老年兄弟寡交遊舊雨關心又九秋訪隱特來元亮宅登高同上爽山樓帽簪黃鞠香雙髻郭抱青巒露幾頭白首相看儂最少古稀還待歲三週 時兄年八十有四香杜七十有四棠園六十有八余年六十有七

戊申重九憶及去年同人登巽峰閣復偕松壑吳香杜棠園鐘樓登高以續前遊楊君子鶴後至歸賦紀事　方溶 蓉浦

今日天開霽色新出門賞菊趁良辰仰瞻佛地千年刹不染風檐一點塵詩訪
西園成雅集畫宗北苑寫遊人子雲後至來何晏夕照西樓已轉輪

鐘樓登高和方蓉浦夫子　吳世培 棠園

前遊曾記晚秋時傑閣登臨盡故知海鶴精神猶健步雪鴻爪跡徧題詩山靑
雲白還如昨菊綻英芳又届期願得年年同覽眺一逢令節一舒眉

又　吳世堂 香杜

古寺秋風望眼新早涼天氣授衣辰樹圍蘭若環靑靄香繞蓮臺絕點塵襟上
痕添前度酒籬邊花認舊遊人相將緩步歸來晚遙見淸輝月半輪

又　楊逢南

紀遊詩句逐年新又値風高落帽辰一雨羣山橫翠黛千秋傑閣淨紅塵登臨
不少簪萸客淸健從無策杖人（蓉浦兄時年八十有五步履淸健與同人皆不用杖）他日徵賢頒束帛驅
車應即駕蒲輪

又　方濤 松壑

蒲牢聲吼曉風前又及題糕九九天老懶還憑詩起興淡交長與菊延年拂雲
樓閣登猶可繞郭河山畫未便啜茗談禪忘日暮披圖細讀舊遺篇（禪師松隱出所藏髮繡觀音聖像上有前輩徐滄浮先生題咏甚佳）

過金粟寺　王尚賢

春深望裏綠陰肥金粟山前暫住騑峭壁長松攢古刹閑雲野鶴逗禪機歛池
水涸尋何處天冊碑殘見已希頻與僧人下轉語起看樓角掛斜暉

秋杪同人遊惹山寺分韻得舉字　楊逢南

半生飽領風霜苦偷閒來入猿鳥伍怪石奇峯面面迎低者如揖高若舉我本
胸中愛邱壑相招况有烟霞侶天公似為騷人忙繪出秋容倩靑女十萬丹楓
碎錦浮四壁晴嵐蒼翠貯盤旋曲徑少行人空谷忽聞樵子語振衣直上最高
峯海水茫茫浮島嶼到此飄飄意欲仙不知路隔蓬萊有幾許杖藜采藥遇老

僧愛客欣爲東道主酒酣進我雨前茶靜將禪味和詩咀但覺心淸聞妙香忽忽塵襟了萬緒蓮花座外夕陽低去住猶夷兩難處一步回頭一看山月鈎斜映芙蓉渚

重九登長牆山之黃道精舍次方松壑濤韻　楊逢南

勝事追千古名山續舊遊萬松靑抱寺大海白浮秋雲末看征雁天邊認故舟登臨饒逸興爽氣撲眉頭

遊永安湖　朱福祁 杏卿

水有江河長山有嵩岱高不覽天下勝抑塞非人豪而我困下里夢寐空神勞譬如慕名士所恨不一遭有客笑謂余子願何奢驕美豈必毛嬙味豈必江瑤一邱與一壑會心卽僕〔濮〕濠秋來天氣爽同人步晴郊湖水淸且漣菰蒲吹涼颷老樹碧未滅嵐光不可描登高望滄海孤帆渺秋毫翳昔在元代笙歌暮復朝春風盪蘭槳美酒斟葡萄花柳覆長堤彷彿過六橋詩人顧阿瑛長吟想丰標

昔日何繁盛今日何蕭條獨思數年內中原患繹騷六朝佳麗地城市生蓬蒿秦淮水如咽金山土忽焦兩湖雖寂寞登臨仍我曹出門多險巇不如狎漁樵山靈幸保護我將隱士招

湖上口號二首　張鼎

湖上民無遊手閒生男十五便耕田年來田比黃金貴一畝膏腴十萬錢（永安湖旁田上上者畝直百千）

小橋籬落隔斜暉村樹濃陰罨四圍深巷夜深無犬吠幾家燈火織腰機（澉人腰皮織布名曰腰機別處所無鄉石先生詩澉浦腰機他不諳）

澉浦詠古七首

禹貢南江跡未訛中江東迤歷支渠彈丸一地東南重曾爲三江作尾閭

尙父當年隱海隅秦溪故宅久荒蕪卽今地擅漁鹽利曾議馨香俎豆無

絲竹楊家最擅長酸齋曾爲譜宮商不知製就鹽腔後蟚蠘餛飩得幾嘗

譚嶺烽烟接越中三千君子化沙蟲紛紛蝗臂撑何益碧血陰厓欲化虹
望夫石上望夫歸夫死泉南妾撫兒不讀大癡仇海賦青邱一曲少人知
馬鞍山色鬱蒼蒼避地曾來冒辟疆擕得仙姝居一月不知人世有滄桑
九九雲峯到海隅青田往說已憑虛何緣更見銅山出笑煞紛紛讀漢書

過詹家灣　　顧鏞 柳汀

一到山坳路轉斜無多茆屋兩三家前村泥滑人挑菜隔隖風香婢採茶野草經春纔展翠小桃着雨盡開花歸途飽看湖山景行過池塘倚聽蛙

登湖天海月樓

一帶湖光斷復連危樓半倚夕陽邊人臨高閣疑無地風捲雲濤欲撼天考古猶留文獻在傳家端賴子孫賢憑欄試揭疎簾看紅樹青山滿目前

澂浦懷古二首　　李承模 琴舫

曹公完節自閩同卜得佳城澂水隈我愛鈍翁文字好撫碑曾剔舊莓苔

楊園生計託農桑遺產兼籌鄔氏良斗酒隻鷄墓前過平生有諸未曾忘

題金粟寺壁　　沈德鱗

玉殿琳宮已就摧密雲遺碣傍山隈老僧猶記興亡事閑立斜陽話刼灰

遊文溪塢

波翻殘照滿江紅轉過文溪路又東柳暗花明人不見村龐遙吠綠陰中

春日過張孝廉銘齋公墓口占二絕 墓在雞籠山　　朱錫齡 彬若

先生墓上草青青傑骨長埋地亦靈利闢澂湖三尺水至今迴溯德猶馨
森森松柏鳥聲喧喚起先賢道德魂肯賜英靈援末俗乞將教育夢中論

詠銀杏大樹五古二十四韵

西鄰有銀杏不見銀杏生老圃能區別雌雄天然成雌則華而實雄乃壽且榮材堪備廊廟樗櫟敢爭衡吾廬近咫尺空氣得輕清俯仰樹高下吟吟復行行此樹生何時植者人難考父老相傳言實比澂城早追溯所有權原屬汾陽老

清初謀砍鬻鄰家心懆懆集資付主人約訂公共保而今高參天大可十圍抱
枝葉動枒杈望若獅舞爪臨風一聲吼萬木咸傾倒吾何愛此樹四時多樂處
春陰庇畝餘踵接遊人侶烏鵲晚爭巢鶯燕交相語午夏聽蟬琴不覺炎炎暑
秋風黃葉飛埽煖爐中醑柯幹傲嚴冬空穴穿鼷鼠枝綴霜雪濃白於梅花墅
蟠蟠根若龍蜿蜒周里許飄搖時局危彼獨深基礎國本立如斯誰敢侵吾圉

外教場觀綠營兵習學洋操書以誌感　沈德麟

嘗聞小范子胸藏十萬兵所以操勝算匪多而貴精臨事更謹懼好謀乃能成
法在整以暇奇正交相生知彼更知己令出在必行有功則必賞有罪罰乃伸
歷觀古名將號令必嚴明與士同甘苦視之如弟兄厲之以大義感之以至情
所以士樂戰常將性命輕以之討有罪赫然震雷霆誰敢不來王誰敢不來賓
一可以當百衆志竟成城但有雲霓望曾無草木驚所謂王者師天下不足平
何必學洋操而步胡後塵何必服洋服但爭形色新不求制勝策軍事徒紛更

天下盡如是豈僅在綠營何曾有遠謀肉食徒公卿安得大將才熟讀陰符經
六韜及三略佈陣與行軍上可以報國下可以保民四夷翕然服常垂萬古名

山居偶成　祝靜遠

鄙夫抱素志渾如石中玉不琢復不雕塊然溷塵俗性拙空嗜古才疎詎干祿
寧爲樗櫟棄肯作栝棬曲當世炫爲榮而我適爲辱榮辱既異流各從其所欲
霜酣秋林紅鳥啼春山綠曳杖過溪橋流水聲斷續對此心境澄悠然吾意足
迴顧清溪中皎皎一鷗浴

游高士湖

絕境開天地連山到海陬古人已不見吾輩且同游峯影搖晴浦霞明絢晚洲
荻花楓葉岸想像舊維舟

乙亥端陽高士湖競渡卽席口占　有序

民國二十四年乙亥端陽吳俠虎等發起高士湖競渡是日也天朗氣清

同志到者有汪印玉黃啓華張天一許安石等諸女士吳菊初吳亥生等諸小友及陸鳳書虞章業陶維棪朱瑞年張強哉徐伯脩等共三十有八人履舃交錯笑語雜沓中午集宴於萬蒼山之載青別墅中菜西吃且不辨主賓頗異於尋常之宴會午後齊向湖中競渡船十有二或坐二三人或坐四五人其中有一船較大鳴鑼擊鼓似司令部然聲徹四周農民不期而集觀者湖邊如蟻虞章業船得錦標第一朱瑞年第二餘皆奮勇爭先至高士亭而止旋共往悟空寺休息余與俠虎鳳書等各賦詩數章以紀之念此湖寂寞久矣即當年中秋高士之會恐亦無三十餘人之多又吳太冲有句云永安閘口柳如烟想見雲茶競渡年此指南宋春時遊人競渡而言迄今近千年矣則此日之遊又豈特百年高會而已哉

家家角黍送端陽爲吊當年一楚狂千古忠魂應不泯忍看吾族黯無光

呼朋引侶盪輕舟人影波光瀲欲浮如此湖山眞寂寞何時高士復來游

塵夢年年西復東乾坤都付笑談中慚余短髮飄蕭甚又值榴花照眼紅

山水爭留文字緣無邊風景到樽前勸君莫再耽山水擊楫中流在壯年

泊櫓山　程煦元

始皇泊櫓氣何豪石上曾磨武肅刀千古英雄皆過客月明長照一峯高

七十初度辭親友祝禮

壯志消磨不自知衰顏鑑鏡鬢添絲七旬莫祝予生日十月當思母難時痛念哀鴻嗷大澤驚聞敵馬牧邊陲青衫白髮無他技願上春臺頌緝熙

憫時局

爭同鷸蚌各持堅豈料漁翁欲下筌潛引貪狼開室入養成蔓草遍途沿阿膠那止黃河濁弩末休期魯縞穿籬破採樵防不得商量蘿補計爲先

詞

蝶戀花 偶成　沈德麟

寂寞閒庭春色滿人坐春風人比春風輭楊柳欲眠鶯自喚簾鉤輕漾茶煙暖料得看花無箇伴盼到清明又恨清明短獨上翠樓休望遠天涯却被雲遮斷

浪淘沙 月夜聞笛

良夜正迢迢散步林皐團圞明月吐山拗萬籟無聲涼意透露溼花梢 一曲念奴嬌韵逐風飄玉人何處教吹簫聽到曲終人不見眞箇魂消

青玉案 秋莫城内晚眺

淡煙疎柳城南道似寫出傷心藁隔岸丹楓霜信早蓼花零落荻花蕭瑟不見黃花笑 萬方多難愁登眺看一帶河流斜抱野草離離秋色老西風淒緊夕陽慘澹陣陣寒鴉叫

長相思 贈歌者楊文琴 祝靜遠

諷奸雄表精忠古往今來事相同翠袖舞春風 空卽色色卽空悲歡離合刹那中盡是可憐蟲

雜記

吳東發浙撫阮元之布衣交也便服來訪人不及覺一日家居操琴忽停而起立則文達公已入門在庭中矣問曰何曲未終而不彈答曰琴聲中覺有貴人下臨故起迎耳遂相與言歡竟日而去所謂名士高風公卿折節是也

祝櫓良偕其表弟周某同應鄉試中式後三日監令官飭人傳提櫓良惶恐無措周某勸往以爲是補二場卷故也詰之周具言當時承囑繳卷藏於卷袋及到收卷處只繳手攜已卷惟口說兩卷故收卷官當給竹籌兩支同寓始覺隱不敢言遂袖出原卷細閱之一藝中有忌諱字語必見斥信乎中必有命全由積德所致耳

冉里山 冉里堰 俗傳有冉里先生曾到此因名然漢周術家居太湖洞庭山西南冉里村因稱冉里先生四皓避秦居藍田山中在京兆藍田縣海鹽祇有藍田浦未可因臆度而傳訛山周圍六里堰距澉鎮六里本是六里好古者

雅名之以冉里耳

澉浦多詩僧肇自明代緣有九杞從吾諸先哲提倡人盡能詩雖空門釋子亦皆善吟咏天眞玉芝兩上人爲最著其他若無言上人志恂石門上人明琇石林上人永瑛虛堂上人守節平野上人戒襄少林上人戒言文湛上人秋江雲岫庵之上人明堅以及清初超海上人四航體源上人浮山實智上人心如玉山上人譽書通乘上人石車浮石上人青蓮源瀚上人覺海圓悟上人密雲海岳上人中洲德容上人費隱琈上人石菴皆有傳世之作尤與文人學士交時以詩章相贈答詩學之盛於此可見

祝豐貽號芭生天質聰敏年十九補廩膳生旋遘疾易簣時索筆而題上聯云經史子一業無成恐地下難見知已下聯云君親師三恩未報爲世間莫大罪人

顧北山性愛客卜築市中室纔容膝而藏書蒔花布置楚楚時邀吳香杜吳棠園楊子鶴張銘齋李琴舫諸先生論文賦詩令其子柳汀侍側承教躬自煮茗以供客題其照曰挹水煎茶圖張銘齋先生爲題像詩云君家草堂隱馬山山南山北水濺濺一甌馬鼻浮輕乳不數花瓷雪竇泉主人愛客不知疲茗椀茶鐺當酒巵斗大一廛人滿座雪泥鴻爪記當時

茶院環橋左右石匾一曰康會古康國僧名會一曰廣濟皆僧名也因康會創建廣濟重建故後人修築刻此志不忘也今改會爲聖憑虛失實矣姑錄之以備攷正

張銘齋與李琴舫相唱和各道已長不稍讓一日張贈李詩有從今你我休爭執自有閑人說短長注云張家長李家短衆口一詞其風致有如此者

張鼎答蔣寅昉書云易道原於天而切於人原於天故幽深切於人故平實鼎幼習此經爲閩學所囿讀朏明條辨始復廓然繼又泛濫定宇皋文里堂諸家知無所得反求之程傳畧識門徑旋又蕪廢浮慕半生一無所得愧悚何言宋元以後易說汗牛大約入之深者多躬行心得之言入之淺者皆比附推排之語如閩學者乃比附推排之尤者世人咸共耳食尊並程朱重其人乎重其書

乎莫可得而詳也朱子一生講易晚乃斷以六字曰易爲卜筮之書語本漢人似粗實精嘗罕譬之今世興物前用莫若神武之籤卜其號爲經者今之易也首列甲癸等猶奇偶朸也分上中下則吉凶悔吝也七言韻語則象爻詞也有人爲驚其神奇句解而字索之從而推排比附之以爲當於作者立言之旨可乎人知求易於書而不知求易於心求易於心日用飲食皆易也求易於書則雖讀遍通志堂所得皆推排比附之術以之作講義飾場屋可也何禪（裨）身心哉舊嘗學火珠林其原出京氏推究納甲飛伏日月生旺休囚之理與本經若不相謀而往往奇中此言數之可憑者明儒某公讀易多年無得一旦讀損大象傳豁然貫通全經此言理之可憑者總之皆心易也京氏之數某儒之理猶之神武之卜皆人心自然靈明非由外鑠風與水相遭於大澤而文生焉不知者以爲適然知者以爲必然執語言文字求之豈有當哉近儒唐彪有身易一卷其名甚正其理則流於龍谿惟生齋日識所詣最深惜乎名位未顯不免學究氣未爲世重先生以卓犖之才理董絕學宜先求之身心有所得隨筆籍記以自鏡得失積累久之必成鉅觀若先有著書之心而後著書則非所以著書著亦不傳傳亦不久鄉閭無可語承明問下及不覺刺刺惟高明教之

咸豐辛酉洪楊擾歟城澉浦沈掌大倡率民團萬餘人把總陳長瑞率弁兵助之於五月十三日往攻大獲勝俄而洪楊援兵至兵民見勢不敵遂潰回至勾滕橋溺死甚衆陳長瑞陣亡極慘營兵陣亡十人吳佩生郭永魁張貞元盧發生顧茂昌曹關生金有德劉霄弟沈桂陸勝元民人陣亡一百二名沈掌大郁五老沈貴保朱鈞郭奎老郭二南茹大老朱興隆李依林步蘭慶沈華生張德明朱玉蓮董瑞亨步發生沈永予趙雲山趙豐玉王順天徐林昌金泰清盛瑞生韓加生楊勝元劉裕春王發春王勝之王仁元沈引生杜龍生陳雲慶趙琴保周掌保張福生何三老林章吳龍沈三地沈順保張福升崔餘福朱大寶崔忠清宋金元蔣關老徐予老孫和上陳昌齡陸聖元陸敬老沈良和沈開生黃

法生沈來張鑑陸佳元陸二老徐發生袁年莊來生潘鳳生姜開元姜開福顧雲李保林孫亨孫嘉徐品衞月陸辛徐洪生朱元福顧寅保孫石林步瑞孫震海湯高明湯才生王文榮許增祥徐金生楊士榮沈福昌沈壽林張發昌楊來生楊三保李慶生周春餘曹瑞生吳桂生黃隆元莫瑞奇金田寶李玉渠鄧大顧寅生張金生湯高生潘鳳高趙勛陶金生　是日泊櫓山出蛟狂風大作六里堰房屋有傾倒者磚瓦亂飛如鳥　秉署邑篆申祜䛢尹爲陳長瑞陣亡事詳大憲詞甚激昂有句云先軫之元不返戰馬空歸常山之舌猶存飢鳶爭啄李承模擬鴛湖棹歌詩古木蒼涼夕照哀欶城故址沒蒿萊至今野老談忠義曾見民團海上來

我存雜志載西曆一千五百七十年至八十年之間明崇禎間廣東福州上海等商埠尚未開闢印度商人航海至澂浦貿易與中國通商西班牙教士趁此機會至該地傳布天主教義建築教堂後因橫橋民亂商人與教士都被殺戮教堂

亦爲所燬民國十一年甯波主教趙保祿至澂浦躬往稽考遺跡渺然莫可究詰蓋教士被難後教友星散年代湮遠與時俱沒矣

祥異 附

淸同治七年大旱秋無收

九年大旱秋無收

十一年八月十九日辰刻地震大旱秋無收自六里堰至下河六搭橋河底生青草可行人

十二年大旱秋無收

光緒元年至三十四年皆有秋收賴張鼎濬河之功效也

光緒二年六月有邪術用紙人翦辮徧及城鄉居民徹夜鳴鑼戒備二月而息

八年八月彗星現東方

十二年七月三十日戌時遍地發聲如小雞叫

十三年八月初五日未時青天忽來霹靂西門外大寺菴附近有柴蓋女尸棺雷火熒熒滾出一物若西瓜狀色青藍踰時而滅

十五年七月二十七日起大雨三晝夜平地水漲三尺六里堰茶院通圜等地方街市行船三日水始退

二十八年癘疫大行傳染遍四鄉觸之立斃自五月至九月始消除

宣統三年大旱秋無收九月光復匪徒曹信奎雍奎等鳴鑼聚衆打毀房屋

民國元年旱欠收

二年夏正月初三日巳刻地震秋欠收

三年旱秋欠收

四年秋大風雨欠收

六年八月大風雨欠收

七年田禾多白穗欠收

八年秋大風雨禾多白穗欠收

九年禾多白穗欠收

十年六月大風雨三晝夜七月二十日起又大風雨三晝夜損傷房屋動植各物不少田禾欠收

十一年禾多白穗欠收

十二年青葉每担價洋七元蠶汛不熟秋螟食禾大荒無收

十三年五月秧田螟蛾遍生卵塊逾四五日即化生螟蟲食秧葉知事汪仁溥三次下鄉勸令農人夜分燃燈收蛾日則搜除卵塊並籌款給價收買之螟害消滅田稻有秋

汪仁溥號君碩又號杶道人祖籍四明江蘇吳縣諸生工書善畫與人和易性實傲介前清光緒納粟知縣分發湖北任讞官旋奉法部調補京師地方廳檢察官代理安徽蕪湖地方審判廳長改革後代理江蘇司法籌

備處長第一屆知事試驗列甲等補京兆三河縣知事治盜著成績旋補浙江金華縣知事勘灾辦賑咸稱道之十二年冬調署海鹽未屆期年而去甘棠遺愛民歌頌之

十五年秋禾生蟲多白穗荒斗米四千錢冬雨霰菜荒

十六年正月初二日午初地震午末又震自正月至三月雨多日少春花荒蠶汎大熟大有秋

十七年八月初一日至初三日大風雨繼而連日又雨田荒

廿三年大旱霉雨不降自四月無雨至明年春顆粒不收民多流散

澉水新誌補錄卷下終

吳穎輔先生傳

先生吳氏故澉川世家諱亮號穎輔晚年改名元亮凡鄉人識與不識皆稱曰亮先生幼承家學折節讀書早蜚聲庠序間旋從張銘齋先生遊益自刻勵其一生高風亮節即基於此性至孝以母老不忍遠離遂終身不言祿世清貧薄田數十畝兒女多家事繁而處理井井泰然自若鼎革後時事日非而先生亦垂垂老矣每見其常與程韵唐貢士盧悌君孝廉等攜杖雜坐茶肆中娓娓談今古事靡不洞達且好作樂觀語不似他人之空自愁歎也生平尤熟於鹽事深知鮑郎鹽民疾苦屢思有以振拔之乃於今春天氣嚴寒中齎志以歿惜哉先生享年七十有五著有老梅廬筆記待梓

祝晴園曰先生嘗以不能使子若孫盡力讀書爲畢生之恨然如先生第五子俠虎君者由商而學嗜書若命且曠達一如先生則先生固未嘗死也

民國二十五年春祝晴園敬撰

跋

澉水曷爲傳以宋常棠之纂澉水志而傳夫澉一斗大之地又僻處海濱非有通都大邑之富麗文人學士之薈萃而能與都邑相頡頏謂非常志之功乎人傑地靈信有然矣惜常志有圖經者不可得是以地勢之變遷已不可考厥後明董穀纂續澉水志清初吳爲龍纂再續澉水志而原本竟未目覩迨清咸豐朝方蓉圃纂澉水新志洪楊刼後經張銘齋孝廉正訛補缺朱桂卿學士鑒政以無人斥資付梓未行於世程煦元歲進士熱心桑梓周諮博詢自清同治迄今記其所見所聞彙爲一編名曰澉志補錄孔子曰夏禮吾能言之宋不足徵殷禮吾能言之杞不足徵文獻不足故也澉水自有宋志董志方志程補錄非有文獻足徵耶以此遞傳可以不朽矣因付剞劂用誌數語于後民國二十四年夏吳亮跋